苏缨古典集

大宋词人往事

浅斟低唱里的风雅与忧伤

The Stories of the Great Lyricists in Song Dynasty

苏缨

CTS 湖南文艺出版社 HUNAN LITERATURE AND ART PUBLISHING HOUSE 博集天卷 CS-BOOKY

图书在版编目（CIP）数据

大宋词人往事：浅斟低唱里的风雅与忧伤 / 苏缨著.
— 长沙：湖南文艺出版社，2014.7
ISBN 978-7-5404-6769-2

Ⅰ.①大… Ⅱ.①苏… Ⅲ.①随笔－作品集－中国－当代 Ⅳ.① I267.1

中国版本图书馆 CIP 数据核字（2014）第 114106 号

上架建议：文学 • 随笔

大宋词人往事：浅斟低唱里的风雅与忧伤

作　　者：苏　缨
出 版 人：刘清华
责任编辑：薛　健　刘诗哲
监　　制：陈　江　毛闽峰
策划编辑：陈春红
营销编辑：张　璐
装帧设计：熊琼工作室
出版发行：湖南文艺出版社
（长沙市雨花区东二环一段 508 号　邮编：410014）
网　　址：www.hnwy.net
印　　刷：三河市华东印刷有限公司
经　　销：新华书店
开　　本：787mm × 1092mm　1/16
字　　数：186 千字
印　　张：18.5
版　　次：2014 年 7 月第 1 版
印　　次：2020 年 7 月第 2 次印刷
书　　号：ISBN 978-7-5404-6769-2
定　　价：38.00 元

（若有质量问题，请致电质量监督电话：010-84409925）

序言 / Preface

作者不死

毛晓雯

1968 年，法国思想界先锋罗兰 · 巴特在《占卜术》杂志上郑重宣告 : 古往今来所有作者已经死亡。

在罗兰 · 巴特之前，阅读及阐释一部作品的传统方式是：作者总是焦点，一部作品意义为何，不是单纯从作品文字本身来理解，而是以作者本人的性格、情绪、生活经历为阐释的出发点。通过作者的人生故事来理解作者的作品，罗兰 · 巴特对这样的阅读方式嗤之以鼻：“在多数情况下，文学批评在于说明，波德莱尔的作品是波德莱尔这个人的失败记录，凡 · 高的作品是他的疯狂的记录，柴可夫斯基的作品是其堕落的记录：好作品的解释总是从生产作品的

人一侧寻找，就好像透过虚构故事的或明或暗的讽喻最终总是唯一的同一个人即作者的声音在提供其‘秘闻’。……古典主义的批评从未过问过读者；在这种批评看来，文学中没有别人，而只有写作的那个人。”

在罗兰·巴特看来，作品一经完成便脱离作者本人了，对于文本的内涵和意义，作者不再拥有发言权。读者从文本中读出了什么就是什么，文本会独立说话；文本作者的人生履历表彻底失效。作者是登徒子也好，大奸臣也罢，他的文本若写出了高风亮节，那就是高风亮节，重点是文本本身的表现和读者的理解。一句话，文本一旦到了读者手里，就和作者没有半毛钱关系了，读者读书之时，作者已死。

“作者已死”，堪称20世纪文化界最重要的革命之一，时至今日这一观点仍在发挥无穷威力。我曾是“作者已死”观念的忠实拥趸，对作家生平自动屏蔽，认为该烧掉所有的作家传记。我喜欢意大利作家卡尔维诺的原因之一，就是他说“我仍然属于和克罗齐一样的人，认为一个作者，只有作品有价值，因此我不提供传记资料”。但直至读到玛格丽特·阿特伍德的一句话，我才重新审视了作者人生故事的价值，她说：“不只是部分，而是所有的叙事体写作，以及或许所有的写作，其深层动机都是来自对‘人必有一死’

这一点的畏惧和惊迷。”

作品肯定比作者活得更长，说穿了，作品其实是作者抵抗死亡的产物，是作者生命的延续。当作者肉身变成灰，灵魂却在作品中不灭。作者是作品的起点，作品是作者的续集，是作者另一种形式的存在。我们怎么能撇开作者本身的存在，而去理解作者另一种形式的存在?

放在历史大链条上来看，伟大作者本人的故事不过是一瞬间，伟大的作品却属于永恒。但是，理解了瞬间，才能理解永恒。诗人们的人生故事，与那些隽永的诗歌比起来或许是微不足道的，但我们明白，那些故事其实是通向永恒之路的起点。

2013 年 9 月 30 日

目录 / Contents

Contents

Contents

钱惟演

The Stories of the Great Lyricists
in Song Dynasty

前朝遗少的明智生活

1

关键词：
稻粱谋、风雅

警句：
绿杨芳草几时休，泪眼愁肠先已断。

1.

古人相信一个人年轻时写出的诗句最能昭示他的胸怀、气魄和前途。诗歌是有某种神秘力量的，如同谶语，千万不要将它仅当作一种文学形式。在赵匡胤扫荡天下的时候，南唐后主李煜派出名满天下的大才子、大学者徐铉出使宋朝，用意很简单：我们代表先进文明，你们代表落后文明；我们代表文雅，你们代表粗野；你们应该好好地自卑一下，好好在自卑中反省自己，为什么一定要对我们虎视眈眈呢？

赵匡胤确实是个行伍出身的粗人，手下班底里也确实找不出能和李煜、徐铉拼文化的人，但他一点都不介怀，甚至还要以己之短攻敌之长，对徐铉说：“其实我也写过诗的。当年我贫贱的时候，有一次路过华山，醉卧田间，醒来时看到月上中天，当下便吟出两句诗来，‘未离海底千山黑，才到中天万国明。’”

群臣不失时机地山呼万岁，徐铉也只好拜服在地。

从诗艺的角度看，这两句勉强称作诗的东西比大白话并不高明多少，但在古人看来，这才是真正的帝王气象。帝王之诗，一定要朴拙、宏大，千万不能有文艺范儿，因为只要带上一点点文艺范儿，马上就会霸气尽失，变成纯粹的文人腔调了。

钱惟演，我们这一章的主角，少年时候写过两句完全能和赵匡胤相媲美的诗句："高为天一柱，秀作海山峰。"有如此帝王气象，更有远胜赵匡胤的家世背景，远大前程仿佛就是以恭谨的姿态铺在他脚下的红地毯，静候他那志得意满的飞扬脚步。

2.

钱惟演贵为吴越王子，父亲就是与赵匡胤、李煜分庭抗礼的吴越国主钱俶。

钱俶的名字在今天已几乎不为人知了，只在杭州旅游手册上还有一点曝光率，因为他是雷峰塔的兴建者。雷峰塔在当年没能保佑钱俶国运昌隆，当然佛祖有灵，也不会觉得钱俶这种人真的值得保佑。

对内横征暴敛，对外奴颜婢膝，这就是钱俶政权的基本国策。与钱俶为邻的李煜虽然是个孱弱的文艺青年，至少还真的敢和宋朝开打。

3

李煜要学诸葛亮“联吴抗曹”的外交政策，联合钱俶，抵抗赵匡胤，但钱俶一向趋炎附势，做了赵匡胤的忠实盟友，要粮给粮，要兵给兵；等赵光义接替赵匡胤之后，钱俶变本加厉，要国土给国土。

赵光义给了这个忠厚的和平主义者最优厚的待遇：封王、赐宅、荫及子孙，最后安排他神秘暴毙。钱惟演，这位写出过“高为天一柱，秀作海山峰”的霸气王子，认真遵循着“三年无改于父道”的儒家教诲，跟着父亲一起投降到宋朝，以“大宋功臣子弟”的身份安享赵家丢给自己的荣华富贵。没人再拿他豪情万丈的少年诗句当回事了，而作为饱受优待的前朝遗少，他以后该用“懂事”的姿态低调做人了。

也许是基因的作用，也许是家庭传统的影响，钱惟演果然和他的父亲一样懂事，只是有时候未免太懂事了些。世上总有这样的人，要他学狗叫的时候，他还会舔骨头。

3.

以前朝遗少的身份在新朝供职，要领只有两条：少做事，多巴结。如果说这也是一门正经本领的话，那么钱惟演简直是天才中的天才。

只有少做事，让人觉得你缺乏真正的政治才干，你才会远离猜忌，保持安稳；只有多巴结，能看清该依附谁，该排挤谁，你才会有节节攀升的荣华富贵。为了表明自己胸无大志，钱惟演将大量精力投入诗词歌赋，以旺盛的热情和优美的文笔为新朝歌功颂德，还忙不迭地与同僚们唱和诗词。这样的人在任何时代都很讨喜，何况他确实将富贵闲人的角色扮演得极有品位，颇流传过一段文坛佳话。

最著名的一则佳话是和大文豪欧阳修有关的。那时候欧阳修还只是个声名不著的年轻后进，是钱惟演的下属。欧阳修年轻贪玩，有一天和一个相好的同僚一起抛开公务，出城到嵩山游赏。忽然天降大雪，眼见得不能及时回城了，忽然见到有一队人马冒雪而来，竟然是钱惟演专门派来的厨师和歌伎。来人传达钱长官的口谕说：“登山劳累，两位不妨安心欣赏山间的雪景，府衙里边公务简易，用不着急着赶回去。”

钱惟演乐得慷慨，反正也不用自掏腰包；乐得大度，反正赵宋王朝的公务犯不着由自己这个姓钱的上心。慷赵家之慨，卖自家之人情，何乐而不为呢？何况钱惟演是个风雅人，所以能将公款吃喝这种令人发指的勾当也搞得风雅温存，让人一点都不讨厌。

当事人只有满怀感激，毕竟上级对下属能体贴、厚待到这种程度，在全部历史上都不多见。所以欧阳修纪念了老上级一辈子的恩德，即便在后者政治失势、名誉扫地的时候。

4.

我们很难想象钱惟演这样的人竟然也会在政治上失势，但政坛毕竟波诡云谲，人算到底不如天算。钱惟演一辈子摆尽了趋炎附势的嘴脸，要尽了两面三刀的手腕，终于还是逆不过大势的突变。

明道二年（1033 年），多年来垂帘听政的刘太后突然去世，蓄力已久的宋仁宗终于亲政。普通百姓看不出这些事和钱惟演能有什么关系，而官场中人无不心知肚明：权力重新洗牌，刘氏姻亲、党羽将会遭到彻底清洗，钱惟演在劫难逃。

宋朝以优待士大夫著称，政治清洗虽然难免，幸而并不血腥。钱惟演仅仅被贬到汉南而已，照旧可以锦衣玉食。只是做官的人一旦失去权力，正如梁山伯突然失去祝英台一样，那种痛苦真是撕心裂肺。每个人都看得出，钱惟演已经彻底失去了翻盘的能力，他的政治生涯就此终结。每个人都看得出，当然也包括钱惟演自己。

在百无聊赖的萧索里，钱惟演填了一首《玉楼春》让家伎歌唱佐酒。他那一贯用来阿谀奉承的文学才华，终于拿来哀悼了一次自己：

城上风光莺语乱。

城下烟波春拍岸。

绿杨芳草几时休，

泪眼愁肠先已断。

情怀渐觉成衰晚，

鸾镜朱颜惊暗换。

昔年多病厌芳尊，

今日芳尊惟恐浅。

春光大好，处处有莺歌燕语，杨柳依依，只是春色里的人无法自拔地伤悼着人生的暮色，只在一次次的酒醉里麻醉着自己。钱惟演每次摆酒，和歌伎一起唱着这首词，都唱到泪眼模糊。倘若这入骨的爱不是为了永失的权势，而是为了青春，为了爱情，为了理想，每一位听者也都会陪着他掬一把同情之泪吧？

5.

钱家后阁有一位白发老妪，年轻时曾是钱俶宠爱的歌伎。她从少主人的歌声中听出了不祥："当年先王（钱俶）去世前不久，也填了一首《玉楼春》，叮嘱家人待他死后唱这首词来送葬。今昔境况如此相似，相公怕要不久于人世了吧？"

一曲成谶，钱惟演果然就在当年辞世。

其实这一对父子的《玉楼春》并不相似。钱俶虽然在赵宋过着优裕的降王日子，心底总还有几分不甘和愧悔，他的《玉楼春》里有“帝乡烟雨锁春愁，故国山川空泪眼”的句子，在赵宋京城的无边春色里无可奈何地流下亡国的眼泪。传说宋太宗赵光义对这两句词大为光火，派人毒杀了钱俶，正如他因为“小楼昨夜又东风，故国不堪回首月明中”的词句而毒杀了南唐后主李煜。钱惟演所眷恋的只是在赵宋政权里的权势罢了，当然，局外人无法理解这权势就是他生命的全部，无法理解政客以生命殉权势正如梁山伯以生命殉爱情一般。

绿杨芳草未休，前朝旧事已成云烟。遗老遗少在绝望的歌声中死亡殆尽，新词随着新火与新茶在新朝新贵们的筵席上蓬勃传唱。这真正是宋词的时代了。

◇◇

钱惟演名字考

钱惟演，字希圣。“惟”是行辈的标志，钱俶共有八个儿子，取名都以“惟”字加一个三点水旁的单字。“演”古义是“水长流”的意思。“希圣”字面的意思是仰慕并效法圣贤，实则这个“圣”特指孔子。“希圣”一词的出处是三国时魏国李康所写的《运命论》，文中说孟子、荀子“体二希圣，从容正道”，这里的“体二”是说向孔子的两位高徒颜渊、冉有学习，“希圣”是指仰慕并效法孔子。

林逋

The Stories of the Great Lyricists
in Song Dynasty

将独身主义进行到底

9

关键词：

梅妻鹤子

警句：

金谷年年，乱生春色谁为主。

1.

北宋初年的杭州还是一个不甚发达的地方，西湖边的孤山也只是一处荒凉无人的土坡。如果你想要寻一处清静之地，大可以在这里结庐而居。赵宋政府不会找你索要土地出让金，也没有房地产开发商和村委会找你的麻烦。只要你勉强凑得出几个钱来，总还可以在这里安家落户。

这就是林逋的选择，那时候他孑然一身，两袖空空，随身带着的只有多年来游学天下的倦怠和一肚子不合时宜的学问。他是杭州本地人，出身孤贫，也早已习惯了孤贫的日子，虽然勤学不倦，却一点也不曾动过靠知识改变命运的念头。

的确，在儒家的君子操守里，是没有“知识改变命运”这种说辞的，一个人求知向道，追求的应该是“道”之本身，如果因为求知向道而获得了富贵显达，这当然不坏，但如果一辈子偃蹇坎坷，这也没什么大不了的。君子忧道不忧贫，只有小人才会汲汲于以知识改变命运，为功名利禄而读书。林逋是个君子，是那时候为数不多的君子之一。

2.

孤山距离杭州市区并不很远，但林逋一入孤山，竟然二十年足迹不入市区，在自己的小天地里逍遥自适。

有简单的饮食可以填饱肚子，有简陋的茅屋可以遮风避雨，有琴棋书画可以自娱自乐，难道人生还需要什么更多的东西吗？世人一开始只觉得林逋怪诞，渐渐却羡慕起他的生活来。其实很多人都想过林逋一样的日子，只是没有林逋那般的先决优势：林逋早年失怙，不必供养双亲，也不娶妻生子，不必操心妻子的化妆品费用和孩子的奶粉钱。没有人会在他的耳边絮絮叨叨，说东家张三如何升职加薪了，西家李四如何做生意发财了，隔壁王五家刚刚给孩子报名豪华辅导班了，通货膨胀如何变本加厉了，黄金和房子也如何没法保值了……

现实生活中琐琐碎碎的一切声音与影像都远在林隐士的耳膜和视网膜之外。他只需要过自己的日子，不必为任何人活着。

结婚就等于向命运递交了人质，能像佛陀那样有抛妻弃子气概的人并不很多。如果你想毁了林逋，就去给他做媒好了。

独身主义者即便在今天也要承受不小的压力，何况是在久远的宋朝。所幸林逋虽然不曾像真正的隐士那样到深山更深处隐遁，但毕竟离群索居，用一道西湖水隔开旁人的议论。他种梅花，养仙鹤，号称“梅妻鹤子”，生计也居然步入小康，雇得起应门的童仆了。

林逋喜欢自驾小舟往来于西湖周边的寺院，与高僧们诗词唱和。当有人登门造访的时候，童仆便将仙鹤放飞出去，林逋一看到鹤飞，就知道该掉转船头回家迎客了。

林逋的宾朋越来越多，客人们的身份也越来越尊贵。士大夫们欣赏他的诗词与字画，更欣赏他的生活态度，于是林逋也就成了名士。与林逋这样的名士交往唱和，也算是士大夫们为官场生活减压的一剂心灵鸡汤了。

诚然，对于那些在名利场上摸爬滚打的人来说，林逋的生活虽然不值得效仿，却大大值得欣赏。所以当他们以满怀真诚的嘴脸表达钦羡时，林逋从来都不会当真。

3.

林逋确实是个淡泊名利的人，所以写诗填词也从来不留底稿。他自己有过解释："我既无意于在当今出名，又怎么会在意编撰文集以留名后世的事情呢？"林逋自己不在意，却不乏有心人在意，所以林逋的诗词总算有不少流传了下来。

林逋的诗，以"疏影横斜水清浅，暗香浮动月黄昏"一联最为著名，其实这一联直接抄自五代诗人江为的"竹影横斜水清浅，桂香浮动月黄昏"，仅仅把"竹"改成了"疏"，把"桂"改成了"暗"。倘若依据著作权法的标准，林逋的手法该算剽窃，可换作文艺的标准，非但不是剽窃，反而称得上点石成金：江为那两句诗咏的是竹子和桂花，诗句虽够漂亮，却没有道出竹子和桂花无可替代的特点，也就是说，这两句诗换到其他花草身上也一样适用；而林逋仅仅改了两个字来咏梅花，却道出了梅花的无可替代的特点，只有梅花才能生出如此的意象。有人问过苏轼，说这一联拿来咏桃、杏是否也行？苏轼的答复很见文学大师的眼光："倒没什么不行的，只是怕桃、杏不敢当罢了。"

林逋以两句诗将梅花描摹到极致，也以一阕词将春草描摹到极致。在咏物的文字里，林逋占到了两项第一。

4.

林逋的词，存世仅有三首，而就在这三首之中，《点绛唇·金谷年年》传为历代咏春草的第一名篇：

金谷年年，乱生春色谁为主。

余花落处，满地和烟雨。

又是离歌，一阕长亭暮。

王孙去。萋萋无数，南北东西路。

首句中的“金谷”是文化史上一个很特殊的地名，晋代首富石崇在金谷涧修建别墅，极尽奢华；石崇还常常在这里设宴，遍邀天下名流，其中名士最为云集的一场最著名的筵席就是送别王诩的筵席；后来江淹在名文《别赋》里写过“送客金谷”的句子，由此开创了一个诗歌套语，以后诗人们再说到金谷的时候，往往就有饯别的含义在。

同样作为诗歌套语，草也有送别的含义，著名者如白居易《赋得古原草送别》“离离原上草，一岁一枯荣。……又送王孙去，萋萋满别情”，杂草乱生如同离愁别绪在心头交缠的样子。

词的下片，以离歌、长亭、王孙这所有离别的意象将离愁别绪一直烘托到最后，再以一句“萋萋无数，南北东西路”作结，这画面是春草乱生，无边无际，伴着同样看不到边际的南北东西的道路。草到底生向何方，不知道；人到底去了哪里，也不知道；自己该走哪条路，还不知道。这九个字仅仅描绘了一幅画面，看似纯粹的客观写实，却传达出了很深、很复杂的意思和情绪。如果我们把它当作一幅画，并且给这幅画取一个浅白的名字，那么“茫然无措”这个纯然描绘情绪的词显然是再恰当不过的。

这样的词，普通人读到只会倾慕，若是高手读到难免技痒。凭什么说文无第一，总要有高手来和林逋一争高下。

5.

不必等待时光的沉淀，林逋这首《点绛唇》仅在当时便惹得词家高手为之癫狂。

梅尧臣最先按捺不住，施展浑身解数，偏要争一个春草第一的名头，一阕《苏幕遮》便由此而生：

露堤平，烟墅杳。

乱碧萋萋，雨后江天晓。

独有庾郎年最少。窣地春袍，嫩色宜相照。

接长亭，迷远道。

堪怨王孙，不记归期早。

落尽梨花春又了。满地残阳，翠色和烟老。

越是熟悉梅尧臣的诗，便越是难以想象他能写出这样婉约伤感的词来。这首词通篇描写春草，但不是写一个特定时间中对春草的观感，而是写春草从生长到枯萎的一个过程，再把人物形象放到这个过程里来说，营造出一种“物犹如此，人何以堪”的气氛。“落尽梨花春又了”一句后来传为警句，也不枉费词人的一番苦心。

故事并没有到此终结，梅尧臣的好友欧阳修也开始跃跃欲试，以一阕《少年游》交卷：

阑干十二独凭春，晴碧远连云。

千里万里，二月三月，行色苦愁人。

谢家池上，江淹浦畔，吟魄与离魂。

那堪疏雨滴黄昏。更特地、忆王孙。

各花入各眼，宋代文学评论家吴曾唯独推崇欧阳修的创作，说这首《少年游》不仅超越了林逋和梅尧臣，而且就算放到唐代温庭筠、李商隐的集子里，别人也不会怀疑。吴曾当然错了，在我看来，欧阳修虽然写出了“千里万里，二月三月，行色苦愁人”这样的佳句，下片却乏力，“谢家池上，江淹浦畔”明明是硬生生在用典了，远不似林作和梅作那般行云流水。个中微妙的差别，其实正蕴含着诗艺与词艺的不同。这一场不曾当面对垒的竞技，还是以林逋保住了第一的位置而告终，并在千年之后也无人超越。

◇◇

林逋名字考

林逋，字君复，后人一般称他为林和靖或和靖先生，“和靖”非名非字亦非号，而是宋仁宗赐予他的谥号。“逋”的意思是“逃”，名字里用这个字是很有几分隐逸色彩的。名逋字君复，名与字意义相应，“逃而复归”，很有几分别致。林逋的一生与世俗世界若即若离，倒真应了自己的名字，想来这名与字应当都是他自己为自己取的吧？！

范仲淹

The Stories of the Great Lyricists in Song Dynasty

成功人士的负能量

18

关键词：
划粥割齑

警句：
酒入愁肠，化作相思泪。

1.

很多人都是从“先天下之忧而忧，后天下之乐而乐”知道范仲淹的，我却是在很小的时候，从一本以古人勤学为主题的连环画里认识他的。那本连环画里收录了凿壁偷光、囊萤映雪、悬梁刺股等很极端的故事，而给我那幼小心灵以最强烈冲击的，首推范仲淹的故事。

如果范仲淹生活在今天，绝对会成为成功学的典范人物。每家书店的中心展台上都会在最醒目的位置摆上范仲淹的传记或访谈录，他的半身照片会铺满整个封面，照片上的他双臂环抱胸前，目光垂向斜下方，一副睥睨天下、舍我其谁的派头。他确实是凭借惊人的勤奋而成功的，一切天资、机遇、时代大势都在他的勤奋面前不值一提，所以他的成功经验当真很值得人们花上一辈子的心血来学习借鉴。

范仲淹幼年丧父，母亲拖着这个还不记事的孩子在贫困的家计里一筹莫展。还好她终于挨到了幸福来敲门的时刻，一场婚姻改变了她的命运：她改嫁到了一个富裕的朱姓人家，对方不仅接纳了她，还毫无芥蒂地接纳了她和前夫所生的孩子，而唯一的要求只是这个孩子要改姓朱，今后就当作朱家血脉来养育。

这当然不是什么过分的要求，也算是为了今后的家庭和睦而采取的一项有效的预防措施。于是这个尚在懵懂中的范家孩子就以朱说这个名字开始新生了。继父待他不错，等他长到读书的年纪之后，对家庭的唯一不满就是：生活能不能不要这样富裕啊？！

2.

不知道是什么缘故，范仲淹早早就认定了“生于忧患，死于安乐”的道理。他坚信富裕、安逸的生活会消磨人的意志，而解决之道只有一个，那就是自讨苦吃。

范仲淹于是到山寺里寄宿读书，刻意用苦行僧的生活标准来磨砺自己。他每天的伙食只有稀饭，而为了把稀饭当干饭吃，他总是等稀饭晾凉、凝结之后用筷子划成四块，早晚配着咸菜各吃两块，大约就像今天吃果冻一样吧。所以流传下了“划粥割齑”这个典故，与悬梁刺股、凿壁偷光齐名。

这已经算是勤学苦读的极致了，但命运偏偏还要给他一点刺激：少年朱说意外得知自己原本是范家的儿子，这些年一直靠着继父的接济度日。少年人的敏感自尊心受到了极大的伤害，从那一刻起他便下了决心，将来一定要自立门户，靠自己的双手搏出一片未来。

那么可想而知，他今后读书一定读得更苦。是的，他不顾母亲和继父的苦苦阻拦，只带着最简单的行李辞家而去。他不再想要继父的哪怕一点点接济，他相信自己有本领闯出一片天。

3.

二十三岁那年，范仲淹如愿进入了应天府书院。这里是宋代四大书院之一，书籍齐备，精英如云。今天我们很难想象古代书籍的稀有，那时候虽然印刷术已经成熟，但印制、流通成本不菲，即便是富家也很难置办起几部像样的书籍，所以书香门第才有令人艳羡的教育优势。范仲淹如果进不了书院，确实是很难获得知识竞争力的。

书院里的书籍可以免费借阅，这是一座何等的宝藏啊。范仲淹任由自己徜徉于知识的海洋，在同学们看来，图书馆里似乎具备了这个穷孩子所需要的一切，以至于他不需要吃饭也可以生存下来。

当然范仲淹还是要吃饭的，只不过他吃的东西在同学们看来完全玷污了“饭”这个神圣的字眼。

有官二代同学受到了感动，拿自己的高级点心分给范仲淹。然而几天过去，却发现这些点心完全没有被人动过，只在静默的空气里孤独地发霉。范仲淹这样安抚官二代的恼怒：“我不是不识抬举，只是担心一旦吃过这些高级点心，今后就再难挨得住吃糠咽菜的日子了。”这是何等的定力啊，如果这样还不能出人头地，恐怕所有人都会三观尽毁。

那时候范仲淹写过一首明志诗赠给同学晏殊，最后一联是：“但使斯文天未丧，涧松何必怨山苗。”寒门子弟如同山涧深处的松树，长得再高也没法从山涧里露头；官二代、富二代如同山顶上的小草，才一露头就站在最高处，接受阳光和雨露的滋养。但是，只要天下大道没有彻底沦丧，涧底的松树就总会有出人头地的日子，何必向官二代、富二代们抱怨命运的不公呢？！

这真是很励志的诗句啊，当初孔子和孟子也是这样靠着对天道的笃信渡过一个又一个难关的。今天的我们当然知道这样的信念其实一点也站不住脚，但人总是需要信念，需要精通自欺欺人的本领，才能够在困难面前不至于畏缩或心理崩溃。哪怕你相信猪八戒是宇宙真神，只要你一往无前地笃信下去，对你的生活也一定大有裨益。

4.

皇帝也有信念，宋真宗的信念是修道升仙。

大中祥符七年（1014 年），宋真宗大驾出巡，朝拜道教太清宫。盛大的车马仪仗经过应天府书院，全城轰动，书院的学生们也抛下书本，狂迷一般地挤进看热闹的人群里去。如果你在北京奥运会那年清早起床，奔到几公里外，挤在人群里守候火炬传递的队伍，还跟着火炬疯跑过一段，你就能够体会宋朝人对真宗皇帝的车队抱有怎样的热情。

整个应天府书院里，只有一个人岿然不动，如往常一样钻在故纸堆里，仿佛什么都不曾发生似的。当然，这个人一定就是范仲淹了。有好心的同学提醒他，千万别错过这千载难逢的瞻仰皇帝真容的机会，他只淡淡答道："将来有机会的。"

这就像同学们拉你去看奥运火炬传递，你淡淡然说"将来有机会的"，于是四年之后，你在所有火炬传递者的簇拥下气定神闲地出现在奥运会的主席台上，而范仲淹仅仅等了一年就以新科进士的身份站在金殿和御宴上目睹了真宗皇帝的真容。

这算是踏上了功成名就的第一步，从此范仲淹正式加入了帝国管理者的精英集团，出将入相，风光无限。姓氏也终于改回了范，他不再是朱说，而是范仲淹了。

5.

官场凤凰男有固定的人生模式，因为早年太苦，拼搏太勤，所以一朝得势，很容易沉溺在权力和财富的世界里不可自拔。范仲淹是个例外，他自幼追求的是孔子之“斯文”，是天地之至道，在如此高远的理想之下，一切功名利禄当真只是过眼云烟。他要的只是理想，不是其他任何东西。

他是一个富于实干精神的理想主义者，而恰恰是这样的人，非但出身苦，做官也做得很苦。官场通则是多表忠心，多结人脉，少做事，范仲淹却是个甘愿多做事的人。多做事就意味着多受累和多犯错，总之是费力不讨好的。所以镇守西北边疆、抵御西夏入侵，这种武将都做不来的事情会交给他这样一个文官去做，而他居然也做得不差。戍边期间他填词以寄托情怀，在那个还无所谓婉约词与豪放词之别的时代率先唱出了豪放的歌声：

塞下秋来风景异，衡阳雁去无留意。

四面边声连角起。千嶂里，长烟落日孤城闭。

浊酒一杯家万里，燕然未勒归无计。

羌管悠悠霜满地。人不寐，将军白发征夫泪。

这样的《渔家傲》，范仲淹一共填过多阕，皆以“塞下秋来”起首，可惜流传下来的只有这一阕而已。词的意境很悲，是在边城的秋色里感叹离家万里而功业不就，自己熬出了白发，士兵在无眠中留下思乡的泪水，不知道何年何月才能平安还乡。

范仲淹填词来排遣心底深处的愁苦，却不小心犯下了政治错误：身为边防主帅，非但不去激励士气，反而散布负能量，这怎么可以？所以欧阳修讥讽这几首《渔家傲》是“穷塞主”之词，不是大元帅该说的话。

事有凑巧，后来又有一位高官外出守边，欧阳修便也作了一首《渔家傲》相送，词中尽是“战胜归来飞捷奏，倾贺酒，玉阶遥献南山寿”这等正能量爆棚的句子，还说什么“此真元帅之事也”。

欧阳修这首词仅仅流传下来这几句，仅从这几句来看，不过是一派官场混账话罢了。但事要两说，欧阳修的意思无非是要将文学与政治区分开来，文学上正确的未必政治上正确。换言之，词的创作应该合乎身份和环境，如果你是职业词人，不妨为艺术而艺术，但如果你是国家大臣、一方元帅，写出那么悲悲切切的东西来就是不合适的。官场的话和词人的话各有各的适用范围，其间的疆界不能逾越。当然，如果范仲淹有机会回敬欧阳修一句，一定会说：“你做官做得那么舒服，真是站着说话不腰疼啊！”

6.

范仲淹很可能真会那么讲的，因为他这一辈子最不晓得的事情就是圆滑，为此没少开罪当朝权贵。假如不是他个人能力太强，又十分踏实肯干的话，早就被排挤到十万八千里之外了。这就和现代职场里的生存法则一样：如果你处不来人际关系，不懂得阿谀奉承的话，就必须有过硬的个人能力和老黄牛一般的吃苦耐劳精神。

范仲淹是从小拿黄连当饭吃的人，不介意一切逆境。他当然也有愁苦需要排解，而诗歌又是一种太严肃的文学，一切愁绪就尽情放在词里边吧。

他也写过很婉约的词，那愁绪的味道不是悲壮，而是缠绵。比如那首《苏幕遮》：

碧云天，黄叶地，

秋色连波，波上寒烟翠。

山映斜阳天接水。

芳草无情，更在斜阳外，

黯乡魂，追旅思，

夜夜除非，好梦留人睡。

明月楼高休独倚。

酒入愁肠，化作相思泪。

这首词写得凄婉，越读越有百感交集、百转千回的味道。同样类型的还有一首《御街行》，后人很诧异地评价说，想不到他这等铁石心肠的人还能写出这般销魂的话语。

纷纷坠叶飘香砌。

夜寂静，寒声碎。

真珠帘卷玉楼空，天淡银河垂地。

年年今夜，月华如练，长是人千里。

愁肠已断无由醉。

酒未到，先成泪。

残灯明灭枕头攲，谙尽孤眠滋味。

都来此事，眉间心上，无计相回避。

品味词义，似是在思念一位远隔天涯的女子，这铮铮铁汉的心里怕也在最柔软的一寸藏着些许缠绵悱恻的爱情往事。词背后的故事我们已经无从知晓，即便真有怎样的情愫，对于范仲淹而言也当是可以忍心悬置的吧？

7.

当晚年的范仲淹真的和欧阳修在筵席上饮酒赋诗的时候，他将毕生积蓄的负能量尽数填在一阕《剔银灯》里。欧阳修当然不会表示任何不满，毕竟这只是私宴，何必再背负什么政治正确的大包袱呢，既然是朋友，彼此自然就有着做对方情感垃圾桶的义务，就随他抱怨个够吧。

这首《剔银灯》仿佛真是酒醉之后写的，通篇只用口语，插科打诨，全没有一点达官的架子和文人的风雅：

昨夜因看蜀志，笑曹操孙权刘备。

用尽机关，徒劳心力，只得三分天地。

屈指细寻思，争如共、刘伶一醉。

人世都无百岁。少痴騃[1]、老成尪[2]悴。

---

①騃（ái）：痴呆。

②尪（wāng）：孱弱。

只有中间，些子少年，忍把浮名牵系？

一品与千金，问白发、如何回避？

这首词通篇都是牢骚，是因为政治改革的流产而向战友欧阳修发出的牢骚。词义是说昨夜读《三国志》，只觉得曹操、刘备、孙权纵然机关算尽也只得到个天下三分的局面，实在徒劳可笑。仔细想想人生诸般辛劳皆无谓，倒不如尽情饮酒作乐的好。想人生不满百岁，一小一老时都谈不上什么生活质量，只有青壮年一点宝贵的时间而已，但这点时间又怎能浪费在功名上面呢？就算官居一品，富有千金，也逃不过这样的自然规律啊！

8.

和理想主义者一起生活是痛苦的，他的理想越高，潜在的痛苦就越大，因为理想战胜现实从来都是微不足道的小概率事件。明智的人不会把人生赌注押在这上边，正如在今天不会去买彩票一样。当然，也正如今天买彩票的人从来没有少过，靠概率判断来审慎生活的人也从来都是少之又少的。

理想主义者最受不得岁月迟暮，因为他们对“出师未捷身先死，长使英雄泪满襟”的感触最深。其实在旁人看来，以范仲淹的出身能做到后来的成绩已经足以骄人，但范仲淹介意的偏偏不是骄人，而是自我实现。他在理想的荆棘路上已经走出了很远，但只要没达到终点，他都是伤心的。

◇◇◇

范仲淹名字考

范仲淹，字希文。“仲”字一般表示“伯仲叔季”的排行，但考虑到范仲淹的仲兄名叫范仲温，所以范仲淹这一代取名的规则应当是“仲”字加一个三点水旁的单字。从名与字的关联来推断，“淹”在这里是广博、精深的意思，“希文”表示对“文”的企慕。

“文”并不是现代汉语里文化、文学的意思，而是周代政治特色的概述，是所谓“忠、敬、文”三大政治之一。《史记·高祖本纪》结尾有这样一段话：

太史公曰：夏之政忠。忠之敝，小人以野，故殷人承之以敬。敬之敝，小人以鬼，故周人承之以文。文之敝，小人以僿，故救僿莫若以忠。三王之道若循环，终而复始。

司马迁分别用一个字来概括夏、商、周三代的政治特色，即：忠、敬、文。

这段文字大意是说：夏朝的政治忠厚质朴，其弊端是老百姓粗俗无礼；所以等商朝接替夏朝之后，政治上便取庄严虔敬之道。庄严虔敬的政治作风也有流弊，老百姓会迷信鬼神，所以等周朝接替商朝之后，政治上便强调尊卑等级。强调尊卑等级也有流弊，老百姓会变得不诚实。如果要扭转这种局面，最好的办法莫过于采用夏朝的忠厚质朴之政。三王之道就这样循环往复、周而复始。

周代之“文”是孔子最推崇的政治风格，所以笃信儒学的范仲淹字“希文”正是延续儒家的思想血脉。

晏殊

The Stories of the Great Lyricists
in Song Dynasty

北宋第一富贵闲人

关键词：

太平宰相、狸猫换太子

警句：

无可奈何花落去，似曾相识燕归来。

1.

在范仲淹的一章里提到，范仲淹在应天府书院读书的时候，写诗赠予同学晏殊：“但使斯文天未丧，涧松何必怨山苗。”范仲淹就是山涧深处的松树，而晏殊恰恰就是山顶上的小草。范仲淹以超人的坚韧所获得的东西，对晏殊而言只是唾手可得，不费吹灰之力。

其实晏殊既非官二代，亦非富二代，父亲不过是抚州府的一名狱吏，只算是最基层的公务员，做的还是旁人都不爱做的工作。但这个狱吏的儿子聪明得太出挑，七岁时便以一手好文章轰动家乡，被誉为神童。十四岁那年，有朝廷大员到抚州巡视，将他带进朝廷，郑重其事地推荐给皇帝，又在科举考场上镇定自若地击败了无数成年考生，就此踏入仕途。那一年，晏殊年方十五岁。

2.

诚实的人总会受到道德的表彰，然后就会在社会上接二连三地吃尽苦头。晏殊是个诚实的人，却一再在人生的关键路口因为诚实得到犒赏。

十五岁殿试的那一次，晏殊才拿到考卷，就对皇帝说了实话：“这个题目我以前做过，请陛下换个题目来考我吧。”是的，无论接下来考题换或不换，晏殊都已经赢了。

如果说这只是少不更事的诚实和误打误撞的运气，那么等晏殊稍稍成熟之后分明还恪守着这样的坦诚品性，也一样在收获着幸运的佳果。那时候他在史馆任职，朝廷政策宽松：既然天下太平无事，官员们大可不必兢兢业业，不妨尽情去茶楼酒肆、花街柳巷寻欢作乐。这是何等以人为本的政策啊，所以衙门里经常寻不到人。

晏殊倒没有乐得和同僚们一样悠闲，只是他常常居家不出，和弟弟讲习诗文。这时候真宗皇帝正在为太子安排辅佐的官员，晏殊这样的人岂不是最能够给太子带来积极向上的言传身教吗？没想到晏殊坦然回答说：“我不是不喜欢出去玩，实在是因为家里太穷，没能力和同僚们一起去豪华场所高消费。如果我有钱，我也一样会去玩的。”

好学当然是好品质，但诚实无疑是更好的品质。皇帝太欣赏晏殊的诚实了，放心地把他安排在太子的身边。太子身边的亲近官员历代都是官场上最大的潜力股，因为一旦太子登基，一朝天子一朝臣的规律就自然会发生作用了，那时候太子僚属往往一步登天。晏殊毫不费力便谋到了这份差事，没用到一点心机。

当然会有人觉得晏殊的诚实只不过是巧妙的伪装。这的确是合乎常理的怀疑，但也的确冤枉了晏殊。宋代是中国历史上官员薪资水平最高的时代，随着职务升迁，晏殊的“阳光工资”很快就可以满足奢侈品消费了。那时候的晏殊也和同僚们一样过起了吃喝玩乐、纸醉金迷的生活。皇帝很鼓励这样的消费，因为太平盛世就应该是这个样子。

3.

宴饮狂欢，少不得猜拳行令，文人官僚也不例外，词作为一种新兴文体成为他们最爱的酒令形式。诗与词在今天看来并驾齐驱，而在古人眼里，诗是黄钟大吕，词是俚俗小调，诗负责言志、载道，词负责寻欢作乐。晏殊有《迎春乐》记载自己在烟花场所的赏心乐事：

长安紫陌春归早。

亸[①]垂杨、染芳草。

被啼莺语燕催清晓。

正好梦、频惊觉。

当此际、青楼临大道。

幽会处、两情多少。

莫惜明珠百琲[②]，占取长年少。

在帝都的温柔乡里不要介意一掷千金，无价的缠绵时光才是唯一值得珍惜的东西。晏殊也许真这么想，毕竟他做官做得太顺遂，富贵来得太容易，一切可以用权力和财富换来的东西在他而言都只是不必加以区别的廉价品罢了。若能在年华老尽之前极尽风雅地欢娱，这一生才不算枉费。

4.

公务简易，更值得晏殊多费一点心神的反而是风雅的诗文，长途跋涉的公干也不妨以“陌上花开缓缓归”的步态来走。那一次晏殊途

①亸（duǒ）：下垂。

②琲（bèi）：成串的珠子。

经扬州，暂住在大明寺里。大明寺是扬州名胜，壁上多有文人骚客的往来题诗。晏殊闭上眼睛，在缓缓踱步中享受寺院里的静寂，让随行吏员一路为自己吟诵壁上的诗句。

吏员吟诵一句，晏殊便打断一句，凡俗的调子他懒得花时间去听。只有一首诗真的打动了他，那是江都尉王琪的手笔。既然王琪就在此地做官，自然应当请来一见。在春风拂面的池塘之畔，晏殊讲起多年前写有“无可奈何花落去”一句，至今都不曾想出下句。王琪竟然随口拈出眼前风景：“何不云‘似曾相识燕归来’？”

王琪因为这一句诗，便被狂喜的晏殊征调为僚属，晏殊也因为这一联天机浑成的对句完璧了一阕堪称宋词经典的《浣溪沙》：

一曲新词酒一杯。

去年天气旧亭台。

夕阳西下几时回？

无可奈何花落去，

似曾相识燕归来。

小园香径独徘徊。

5.

仿佛只在不经意间，晏殊做官已经做到了宰相。天下太平，薪俸优厚，令他无可奈何的事情仿佛也只有夕阳西下、落花流水。当他“小园香径独徘徊”的时候，那淡淡的愁绪只是一份旁人求之不得的富贵闲愁罢了。

“愁”字对于太多人来说都是一把带来切肤之痛的刀子，对于晏殊来说却只是一件具有审美趣味的奢侈品，一件具有不凡“气象”的古董。

宋人谈诗论词，最推崇的莫过于“气象”，晏殊最能写出富贵的气象。都说愁苦之词易工，欢愉之词难好，晏殊偏偏能写出整部中国文学史上最有审美趣味的欢愉。宋人笔记里记有这样一则故事：晏殊读到李庆的《富贵曲》，对其中“轴装曲谱金书字，树记花名玉篆碑”之类的渲染很不以为然，只觉得一股暴发户的口臭扑面而来。“真是一副乞儿相啊，写这种句子的人一定没过过真正富贵的日子”，晏殊如是说。晏殊最有资格摹写富贵，要领是抛弃金玉之类的俗物，只从侧面写富贵的“气象”，使满堂金玉成为字面之外的余味。或者是“楼台侧畔杨花过，帘幕中间燕子飞”，或者是“梨花院落溶溶月，柳絮池塘淡淡风”，晏殊拿出如此两联自鸣得意的词句说“穷人家能有这般景象？”

穷人家不但没有这般景象，就算有，也因为陷在柴米油盐的算计里而少了能看到这景象的闲情逸致。在这简简单单的杨花、燕子、月光和微风的背后，呼之欲出的其实正是权势、财富和品位。

这就是晏殊的“气象”，散淡闲适的背后是富贵逼人，这真不是旁人能够轻易模仿的。

6.

《包公案》里有一个“狸猫换太子”的故事，这故事其实有历史原型，晏殊也在其中扮演了一个角色，而他一生中最大的一场政治灾难也与这件事情有关。

宋真宗的皇后刘氏不能生育，在那个母以子贵的年代，这意味着刘氏恐怕要保不住皇后的地位了。刘皇后情急，安排自己的一名侍女给真宗侍寝，侍女怀孕生子，这孩子被刘皇后当作自己的孩子收养过来，侍女则升格为妃，她就是宋史上著名的李宸妃。

这在当时是一个公开的秘密，只有那个孩子，也就是后来的仁宗皇帝，被深深地蒙在鼓里。时光荏苒，李宸妃去世，毕生也没能认回亲子。直到刘皇后故去，才有心怀不满的人向宋仁宗泄密，还说李宸妃是被谋害致死的。虽然谋害之说后来被证明只是谣传，但悲伤过度的仁宗总要将郁结的怨气发泄出来，晏殊不幸首当其冲。

事情的起因在于，李宸妃下葬的时候，撰写墓志的重任责无旁贷地落在了晏殊这位大手笔的肩上。这是一项极微妙的工作——假如墓志里泄露了李宸妃是仁宗生母的消息，势必会触怒刘太后；假如曲意隐晦，真相终将水落石出，那时候又不知该怎样应付仁宗的责难。在远虑和近忧的进退维谷之间，晏殊无奈地选择了近忧，而远虑在时间的推移里终于变成了近忧，迫在眉睫。

7.

官场上最不缺的从来都是落井下石的人，晏殊在人们“满怀正义”的攻讦里败下阵来，被贬出朝廷，到州府里去坐冷板凳了。宋代有不杀士大夫的祖训，贬官外放便成为最主要的惩罚手段，被贬得离京城越远，就说明处罚越重，幸好晏殊只被贬到亳州和陈州，都还不算偏远。所以，当一次筵席上有歌伎唱出“千里送行客”的词句时，晏殊不禁按捺不住激愤，不顾身份地对歌伎发飙说：“我平生调任，不过在京城五百里范围之内，何尝远至千里？！”

这样的逻辑，仿佛指斥李白说：“飞流直下不过百尺，你凭什么说有三千尺呢？！”晏殊只是心中不忿，总要找个迁怒的对象罢了。其实这样的贬谪在官场上又算得了什么，但晏殊偏偏一生太顺遂了，只一点点坎坷便让他生出天塌地陷的悲愤。

所以在晏殊的词集里，有一首与常作风格迥异的《山亭柳》，词牌之下还有副题《赠歌者》。他在筵席上听一名歌伎的弹唱，听她叙说身世的隐曲，忽然正如白居易在贬谪途中听到琵琶女的琴声与身世一般，油然生出“同是天涯沦落人”的况味：

家住西秦，赌博艺随身。

花柳上，斗尖新。

偶学念奴声调，有时高遏行云。

蜀锦缠头无数，不负辛勤。

数年来往咸京道，残杯冷炙漫销魂。

衷肠事，托何人？

若有知音见采，不辞遍唱阳春。

一曲当筵落泪，重掩罗巾。

这首词是以歌伎的第一人称来写的：她说自己是西秦人士，曾经凭着歌唱的绝艺红极一时，然而辉煌的时代转眼就变成不堪回首的往事，如今只是辛苦奔波在咸京道上，以老去的歌喉换一点残羹冷炙罢了，心中的酸楚无人可以诉说。倘若有幸遇到知音，自己愿意唱遍那些不被俗人赏识的歌曲，但知音究竟在哪里呢？一曲唱罢，不禁在欢快的酒席上落下泪来。

这首词写的是那歌伎，分明也是晏殊本人。但晏殊毕竟是幸运的，看似刻骨铭心的酸楚与悲愤终归是他富贵生涯中的一点调剂，只如风流浪子的一场失恋罢了。他还会回朝做他的高官，重拾那其实根本不曾洒落的富贵闲愁。

8.

晏殊写过一些极尽缠绵悱恻的词句，诸如“一向年光有限身，等闲离别易销魂”“昨夜西风凋碧树，独上高楼，望尽天涯路”“长于春梦几多时，散似秋云无觅处”“天涯地角有穷时，只有相思无尽处”……这样的句子似乎更应该出现在纳兰词里，是由纳兰容若那样的翩翩浊世佳公子吟出来的，谁能想象它们出自一位宰相的手笔？

作为官员，宰相总要保持端庄肃穆的形象，即便达不到不怒自威的标准，至少也不该这样吟风弄月、缱绻靡丽吧？其实这正好说明了词与诗的区别：诗是扮演端庄肃穆的，是旁人眼中的自我；词是专为休闲娱乐的，是私生活里的自我。也正因为这个缘故，所以词不能写得郑重，不能抢了诗的风头。

词变得庄重肃穆，硬生生来抢诗的风头，那是从苏轼开始的事情。在晏殊的时代里，婉约是词的正根。晏殊的词，是后世一切婉约词的标准范本。

晏几道

The Stories of the Great Lyricists
in Song Dynasty

翩翩浊世佳公子

关键词：

痴、赤子之心

警句：

当时明月在，曾照彩云归。

1.

倘若一个唯美主义者在生活里也是唯美主义者的话，那么除了爱情的疆域，其他一切地方都是无法逗留的荒芜之地。这样的人从来都不多见，数一数两千年来的历史，除了晏几道和纳兰容若，谁还能找出第三个人来?

晏几道是晏殊家的公子，排行第七，自然过惯了锦衣玉食的生活。他所在意的，除了文学，就只有爱情了。他总是容易动情，从稚龄的时候起就是这样。在父亲享尽富贵闲人的欢愉时，这个清秀的孩子不经意间就对靓妆歌女们美丽的容颜与歌声比对糕点、糖果和玩具还要熟悉。

歌女们的世界对于晏几道，正如大观园对于贾宝玉。晏几道就是一个贾宝玉一般的人物，受不得世俗的琐事，只愿意在水一般清澈的女儿国里流连。当所有人都只当她们是玩物或附属品的时候，只有晏几道怀着一颗不变的赤子之心，对她们认认真真地去欣赏，去尊重，去爱。

2.

晏几道是那个男权社会里最离经叛道的人。没有人比他更当得起“好色而不淫”这五个字的评语，但那些好色而淫的人偏偏对他鄙薄得很。在他们世俗的眼里，好色是男人的本分，淫也同样是男人的本分，一个人若好色而不淫，将男人的本分和体面置于何地呢?

那时候的歌女，颇像是今天猫猫狗狗之类的宠物。今天有无数的喵星人和汪星人生活在我们身边，我们自己或许也是其中一员，我们爱猫、爱狗，爱一切引得我们爱怜的宠物，但如果有人竟然与猫猫狗狗平等交往，不命令它们、不训练它们，在最危难的时刻也不肯放弃它们，只把它们当作另一种模样的人类，那么我们究竟会把他看成怎样的一个异类呢?

晏几道在时人眼中正是这样的一个异类，他给歌女写的词简直会让正人君子们暴跳如雷的。比如那首《临江仙》：

淡水三年欢意，危弦几夜离情。

晓霜红叶舞归程。

客情今古道，秋梦短长亭。

渌酒[①]尊前清泪，阳关叠里离声。

少陵诗思旧才名[②]，

云鸿[③]相约处，烟雾九重城。

世人欣赏晏几道的词，多爱“舞低杨柳楼心月，歌尽桃花扇影风”那样的句子，而最体现小晏本真的词却总是被有意无意地忽略。这首《临江仙》是写给云、鸿两位歌女的，起句偏偏是“淡水三年欢意”，将三年来的交往视作平淡如水的君子之交。

“君子之交淡如水，小人之交甘若醴”，人皆信服庄子在这两句话里的深刻洞见，而在时世的推移里，那些本应取君子之交的士大夫追求起了甘若醴的感觉，即便在凤毛麟角的真正淡若水的交往里，又怎会出现歌女的身影呢？她们中的出类拔萃者也不过是供上流社会随意消遣的娱乐明星。她们没有节操，也没人要求她们有什么节操。只

①渌酒：美酒。渌（lù），通“醁”（lù），美酒。

②少陵诗思旧才名：这一句是晏几道以杜甫自比。杜甫自号少陵野老。

③云鸿：云、鸿是两位歌女的名字。

有小晏将淡若水的这种本属君子社会的精神奢侈品贱价处理一般地用在歌女身上，这简直羞辱到士大夫阶层了。

所以小晏虽然有宰相公子的显赫出身，却始终是士大夫世界里的局外人。世故圆滑的小人们不会把他引为同道，引为他痴；道貌岸然的正人君子也只会鄙薄他的为人，以洁身自好的姿态和他保持距离。美与爱才是他的王国，他只有在自己的王国里才能如鱼得水。

3.

父亲晏殊去世之后，失去了靠山与羽翼的晏几道更加举步维艰。本来还有巨额的遗产，哪怕无官无职也不妨碍锦衣玉食的贵公子生活，但他不幸被牵连进一场根本与他无关的政治灾难里，他这个毫无处世能力的人又怎么能够在豺狼虎豹的觊觎里保全一点点的财产呢?

好在性命无碍，却只有在困顿中沉沦为下僚。他以含蓄的献词向父亲的老部下求援，对方的回复却是："看到你这些新词，才有余而德不足。愿郎君抛弃有余之才以补不足之德，这才是我心底的厚望。"

这就是朝廷里的正人君子们对晏几道最典型的看法。没错，他是个公子哥儿，整日里只和歌女们厮混在一起，填词唱歌，流连诗酒，哪有一点做正事的样子呢?！晏几道在士大夫的世界里寻不到真正的知音，一切寄托与思念尽数倾泻在歌女的身上：

梦入江南烟水路。

行尽江南，不与离人遇。

睡里消魂无说处，觉来惆怅消魂误。

欲尽此情书尺素。

浮雁沉鱼，终了无凭据。

却倚缓弦歌别绪，断肠移破秦筝柱。

小晏一生的心绪几乎都在这首《临江仙》里。江南烟水路不仅仅是他梦里的世界，更是他最后退守的精神家园，他走遍那里的每一寸土地，苦苦期待与心上人重遇。终于没有重遇，黯然的心情在梦里无处倾诉，醒来后只有无穷的惆怅。他想将相思全部写满信纸，但到头来这封信却写不尽、寄不出，只有慢慢地拨动琴弦，乐声排遣不了愁怀，反让人无限低迷。

4.

宋代文坛宗师黄庭坚为晏几道的词集作序，有一段盖棺论定式的评语最能得小晏之精髓：仕途坎坷，却不能攀缘贵人之门，这是一痴；写文章坚持自己的写法，不肯顺应潮流，这是一痴；耗费千百万家产，家人忍饥挨饿，自己却还是一脸天真，这是一痴；人人都辜负他，他却不恨任何一人，还总是相信别人不会欺骗自己，这又是一痴。

倘若你和晏几道一同生活，断然无法容忍这样绝顶的痴法。他就是一个在生活中毫不理事的人，既没有官二代的气焰，也没有小市民的精明，在弱肉强食的世界里注定惨遭淘汰。他仿佛是真善美的化身，但越是真善美的事物越是难以存活。

所以他最美的词都是写给歌女的，因为在他的眼里，也仅仅是在他的眼里，歌女的世界在现实世界之上，不着一点人间烟火气。最传世的那首《临江仙》写给一个名叫蘋的歌女，为我们留下了“当时明月在，曾照彩云归”这样绝代风华的句子：

梦后楼台高锁，酒醒帘幕低垂。

去年春恨却来时。

落花人独立，微雨燕双飞。

记得小蘋初见，两重心字罗衣[①]。

琵琶弦上说相思。

①两重心字罗衣：宋代女子的衣服上常常绣有重叠的心形图案。

当时明月在，曾照彩云归。

小晏有两个很重要的“酒肉朋友”：沈廉叔和陈君龙。这两人雅好歌舞，调教出了莲、鸿、蘋、云四名冠绝一时的歌女，家宴当中常常以她们的歌声娱客，小晏就是最流连忘返的一位。

5.

在歌女们的眼里，小晏非但是嘉客，而且简直是唯一的嘉客。只有他，从不把她们当成只供人娱乐消遣的工具。他从不擅长掩饰自己的情感，爱就爱了，思念就思念了，不掺杂一丝肉欲，那是知音对知音，君子对君子的情谊，所以俗人永远不懂，永远猜疑，永远误读。

彩袖殷勤捧玉钟[①]。

当年拚却醉颜红。

舞低杨柳楼心月，

歌尽桃花扇影风。

从别后，忆相逢。

几回魂梦与君同。

---

①即“盅”，酒盅。

今宵賸[①]把银釭[②]照，

犹恐相逢是梦中。

这首《鹧鸪天》是小晏与一名歌女久别重逢而作的，词句里只见真挚的欢欣，没有一点点的轻浮。只要我们泛读宋词，就会连篇累牍地见到大量文人墨客以歌女为主题的词作，唯有在这些各式轻浮腔调的映衬里，才显得小晏的词是何等的难能可贵，仿佛与他重逢的不是贩卖青春与技艺的歌女，而是相知的君子，是长相思的恋人。

这样的缠绵悱恻，便是婉约词的极致了。“今宵賸把银釭照，犹恐相逢是梦中”，古代词论家以这一联对比杜甫“夜阑更秉烛，相对如梦寐”，说若能体会出其间微妙的差别，便能晓得诗与词的区别何在。其实也不难体会：当表达同样的主题和心绪时，诗更含蓄，要遵守“乐而不淫，怨而不怒，哀而不伤”的诗教标准；词却奔放，不受诗教的束缚，任深沉的情感飞流直下，一发不可收拾。所以越是多情的人，越会钟情于词这种文体。纳兰容若正是小晏一流的人物，他刻有一方“自伤情多”的闲章，这方闲章小晏也同样用得。

①賸：同“剩”，表示程度，相当于“更”“更加”。

②釭（gāng）：油灯。

6.

小晏是深挚的，也是潇洒的。他的潇洒甚至会影响到道学家的阵营里去。与小晏同时的大学者程颐向来以古板、不解风情著称，却始终对小晏“梦魂惯得无拘检，又踏杨花过谢桥”两句赞不绝口。每次听到有人吟出这二句时，程颐就会露出一脸赞叹的笑容说：“这真是鬼语啊！”

普通的“正人君子”们读不懂小晏，偏偏程颐这个理学宗师——所有正人君子里最以正学闻名的人物，读得懂小晏的灵魂。天下大道同归而殊途，小晏分明从无边风月里上窥理学至境。那一种真挚至死的痴与超然物外的倜傥，在千年的词史上，只有纳兰容若一人才是他名副其实的后继者。

◇◇

晏几道名字考

晏几道，字叔原。“几道”字读作“几（jī）道”，意思是“近于道”。这个词出自《老子》：“上善若水。水善利万物而不争，居众人之所恶，故几于道。”道为宇宙万物之本原，故此以“原”为字。晏叔原之“叔”表示排行，古人以伯、仲、叔、季排行，自第三子至倒数第二子皆可称叔。

柳永

The Stories of the Great Lyricists
in Song Dynasty

市井英雄

关键词：
奉旨填词、白衣卿相

警句：
衣带渐宽终不悔，为伊消得人憔悴。

1.

如果你读过任何宋词选本里的柳永词，因为太过喜爱而买来他的全集，那么你一定会失望到气愤的。柳永的词集，堪称词坛里的《金瓶梅》《肉蒲团》，满载着诲淫诲盗的小市民趣味。所以柳永在当时受到的是冰火两重天式的待遇：一方面是来自知识精英阶层的鄙薄，一方面是来自小市民阶层的追捧。人们说凡是有井水的地方就有人歌唱柳永的词，这话既可以看作褒奖，也可以看作不屑，因为只有下里巴人的作品才能赢得这样的传唱度，正如今天的畅销书和高收视率的电视剧一样。

确实有许多文人秉持着“人不风流枉少年”的人生哲学，但几年的荒唐生活一过，总会折节读书，奋发科举，很少有人会像柳永这样一直风流到老。

其实柳永也渴望功名，成为流行文学作家只是迫于无奈的选择，正如孟浩然有苦说不出，选择成为隐士一样。

宋代的科举制度已经类似当今的高考了，考生们不必再如唐代前辈那样将大把的时间、精力花在打通人脉上，只要认真读书，好好应考，机会总是有的。假如有记者穿越时空，到唐代和宋代的街头随机采访“你幸福吗”，宋人的正面回答显然会多些，因为宋代虽然不及唐代繁荣富强，但人们的公平感和制度的保障性真的比唐朝好多了。

当然，天平从来不会向弱势群体这边倾斜，因为任何一项改革，如果要给弱势群体一点福利，总要首先给既得利益者更多的甜头，而不是劫富济贫。仅以科举制度论，寒门子弟虽然获得了公平竞赛的入场券，但官二代获得了恩荫制度的保障，可以名正言顺地以“父亲在朝为高官，为国家做了贡献”这样的理由直接步入仕途。

柳永勉强算个官二代，父亲的职务太过低微，以至于他只有凭自己的努力在京城的科场上搏一个辉煌未来。只是京城的诱惑太多，对于任何一个生性浪漫的年轻人而言，这里既是天堂，也是地狱。

2.

个人从来只是时代的玩物，九重天上的高端决策常常以宏观调控的方式决定着升斗小民的行为模式。我们似乎很难想象，无论是柳永本人的风流浪荡还是他的词作的流行，在很大程度上都是宋代税收政策的产物。

宋代财政收入，酒税要占到很大的比例。皇帝为了多收酒税，就将酒类销售业绩作为官员升迁的一项重要考核指标。官员们为了能升迁，自然想尽办法多卖酒，酒的周边产业便因此而迅猛发展起来。

酒在什么地方被消费得最多？当然不是在商店里，而是在夜总会、KTV、餐厅这些地方。这是我们今天的常识，同样也是宋朝人的常识。幸或不幸的是，地方官并不巧取豪夺，而是采取高明的市场营销手段来刺激酒类销售。这些手段高明到如此程度，就连农村市场也被拓展开来，农民刚刚从政府那里取得的低息农业贷款当天就会全数变成酒楼的入账。

这一切几乎完全仰仗于歌女。正是有了歌女们的声色之诱，那些男人，无论市民还是刚刚进城的农民，都觉得酒格外好喝，生活格外幸福，钱当然也花得格外快。而歌女们在这种场合里演唱的那些流行歌曲，自然不是迎合知识分子趣味的，而是迎合小市民和农民趣味的。小市民和农民远较知识分子人多势众，所以他们喜闻乐见的歌曲自然就是全国性的畅销金曲。柳永，就是这类畅销金曲的金牌创作人，他仿佛天生就是为了小市民和农民的审美趣味而生的。如果他生活在今天，一定会收获无与伦比的鲜花与掌声、财富与尊重，但在宋代这个士大夫阶层仍然固守精英文化传统的时代里，柳永赢得的并不是什么光彩的名声。

3.

柳永扬名于勾栏酒肆，却蹭蹬于科场，但他虽玩物却未丧志，决心为自己的前途打点一下门路。柳永的思路是正确的：要找的这个人既要有一言九鼎的权势，又要和自己一样有填词的雅好。如果这个人也喜欢填词，自然会晓得自己的名声和水平，甚至有可能会像接待偶像一样接待自己。

晏殊似乎是最理想的人选，他有宰相之尊，位高权重，填词也蔚为大家。类似对李白与杜甫会面的期待，我们似乎有十足的理由来期待柳永与晏殊的会面。但令人意外的是，这两位词坛巨擘的会面对双方来说都是一次极不愉快的经历。

当时晏殊问柳永："阁下填词吗？"见问到自己最擅长的领域，柳永急忙与对方拉近关系："我和您一样，也喜欢填词。"然而晏殊所做的，却是立即与柳永撇清关系："我虽然也填词，却不像你那样填出什么'针线闲拈伴伊坐'来。"

“针线闲拈伴伊坐”出自柳永的一首《定风波》：

自春来、惨绿愁红，芳心是事可可。

日上花梢，莺穿柳带，犹压香衾卧。

暖酥消，腻云亸[①]。终日厌厌倦梳裹。

无那。恨薄情一去，音书无个。

早知恁么。悔当初、不把雕鞍锁。

向鸡窗、只与蛮笺象管，拘束教吟课。

镇相随，莫抛躲。针线慵拈伴伊坐。

和我。免使年少，光阴虚过。

这首词几乎不见于任何一部宋词选本，但如果要评选柳永的“代表作”而非杰作的话，那么它无论如何都不该漏选，因为这样的词才是柳永的招牌式作品，才是传唱于当时下里巴人世界的流行金曲。如果我们想从风俗史的角度着眼北宋，那么这样的作品远比“渐霜风凄紧，关河冷落，残照当楼”之类的名篇名句更有价值。

这首《定风波》用第一人称口吻，写一名女子埋怨着薄情郎一去

①亸（duǒ）：下垂。

无消息，自己只有在百无聊赖的日子里错过春光。这样的题材并不下作，其实很多高手都写过，比如欧阳修那首“庭院深深深几许”，历来传为名篇，内容也无非是怨妇埋怨男人变心，流连花街柳巷而不归罢了。欧词与柳词的不同，无非是表达形式的不同，欧词讲得雅，柳词讲得俗。

柳永长久混迹在小市民的社会里，填词也沾染了浓浓的小市民腔调。欧词写怨妇，只写到“泪眼问花”的程度，柳词却穷形尽相，一定要在形而下的疆域里写活每一个眼神与动作。所以在正人君子的眼里，柳永显然属于“文人无行”的典范，倘若这样的人可以做官，那一定是全社会的不幸。所以晏殊以厌恶的姿态拒绝了柳永尚未出口的请托。他们同样是填词高手，却分属于判若云泥的阵营。

4.

晏殊的门路走不通，还可以直接去走皇帝的门路。当然，柳永并没有这般手眼通天的能力，但他毕竟有了无数的拥趸，总有贵人同情他的遭遇。

宫中的一位无名宦官有可能是柳永一生中最大的贵人，他出于纯粹的怜才之心时时帮柳永留心着机会，而机会终于蒙着面纱悄然出现了：当时教坊制作了一首新曲，名为《醉蓬莱》，凑巧老人星现于苍穹，给了大宋帝国一个难得的祥瑞征兆。每一次祥瑞征兆出现都是文人们歌咏升平、逞才晋身的良机，宦官将这个机会悄悄给了柳永，叮嘱他以老人星为主题，为《醉蓬莱》曲填词。于是柳永用尽浑身解数，以忐忑且激动的心情完成了这部也许将会为他带来命运转机的无聊巨制:

渐亭皋叶下，陇首云飞，素秋新霁。

华阙中天，锁葱葱佳气。

嫩菊黄深，拒霜红浅，近宝阶香砌。

玉宇无尘，金茎有露，碧天如水。

正值升平，万几多暇，夜色澄鲜，漏声迢递。

南极星中，有老人呈瑞。

此际宸游，凤辇何处，度管弦清脆。

太液波翻，披香帘卷，月明风细。

这首本该哄得“龙颜大悦”的作品却意外地令宋仁宗触目伤怀，原因是词中“此际宸游，凤辇何处”的描写竟然与先皇的挽词如出一辙，那感觉正似寿辰上听到了哀乐一般。待仁宗读到结句“太液波翻”，情绪再也控制不住，恨恨说道：“为何不说‘波澄’？！”径自将这一卷新词扔到地上。

机遇从来都留给那些有准备的人，但不是所有有准备的人都能把握住机遇。除了埋怨造化弄人之外，柳永真不知道还能做些什么了。

5.

柳永也许并不是一个很爱抱怨的人，但偶尔发出的几声抱怨偏偏迸发出了决定命运的力量。也许柳永做错的只是不该把抱怨写进词里，因为他的词总是流传得那么广，让那些该听到和不该听到的人都那么容易听到。

最致命的一首词是《鹤冲天》，以貌似豁达的口吻将科举失利看得如过眼烟云一般：

黄金榜上。偶失龙头望。

明代暂遗贤，如何向。

未遂风云便，争不恣狂荡。

何须论得丧。才子词人，自是白衣卿相。

烟花巷陌，依约丹青屏障。

幸有意中人，堪寻访。

且恁偎红翠，风流事、平生畅。

青春都一饷。忍把浮名，换了浅斟低唱。

这首词的大意是：科场失利算不得什么，像我这样的才子即便不做官，却天然就是白衣卿相。科举不值得去争，不如到烟花巷陌里偎红倚翠,这才是逍遥快活的人生。人生苦短,为什么不过得潇洒一些呢?宝贵的时间精力与其用在科场和官场上，还不如用在风月场上呢。

当然这只是一时激愤之下的牢骚话，柳永后来还是不断去应考，以期用浅斟低唱的本领换一点真正的实惠。功夫不负有心人，他真的考中了一次，只是皇帝亲笔黜落了他：“何用浮名，且去填词！”

皇帝偏偏要和柳永较一次真儿：你不是不屑于朝廷的功名吗，你不是“忍把浮名，换了浅斟低唱”吗，那又何必来争这份功名？！柳永以自嘲的姿态反抗了一下，从此自称“奉旨填词”，在烟花巷陌玩得更加放纵了。

后来他终于混到了一官半职。那是他一辈子最在意的事情，却是他的历代拥趸们最不在意的事情。人们传唱最广的他的一首《凤栖梧》，词中是一种无怨无悔的痴情，再没有半点柳永平素里的格调：

伫倚危楼风细细。

望极春愁，黯黯生天际。

草色烟光残照里。

无言谁会凭阑意。

拟把疏狂图一醉。

对酒当歌，强乐还无味。

衣带渐宽终不悔。

为伊消得人憔悴。

王国维执意将这首词定为欧阳修的作品，理由是：柳永为人轻薄，写不出这等深挚的话来。柳永一辈子在“轻薄”二字上吃尽苦头，千载之后都难以摆脱这个阴影，这真是既可悲可叹又很耐人寻味的事情！

6.

宋代厚遇士大夫，所以知识分子们常常有些放诞的表现。似这般摆出“奉旨填词”之类姿态的并不止柳永一人，再如侯彭老，以太学生身份上书论政，获罪被贬出京城。临行之时，侯彭老以一阕《踏莎行》与同学作别，那风姿仪态绝不逊于柳永以“奉旨填词”自命，唯一不同的，只是不沾一点消极怨怼的情绪：

十二封章，三千里路。

当年走遍东西府。

时人莫讶出都忙，官家送我归乡去。

三诏出山，一言悟主。

古人料得皆虚语。

太平朝野总多欢，江湖幸有宽闲处。

这首词写得如此意气安闲，所以迅速流传都下，来给侯彭老送行的人越来越多，礼物也越送越重。词句甚至传入禁中，皇帝也因此嘉许侯彭老的逍遥心态，打算赦免他的罪过。赦令虽因种种缘故终于被阻挠下来，但词人由此声名大噪，后来由乡贡直登进士甲科，功名之路竟全不曾为他封锁。柳永若有机缘参照侯彭老的人生，想来一定会将自己的怨气和消极收敛几分吧？

◇◇◇

柳永名字考

柳永，原名三变，字景庄。后改名永，字耆卿。“三变”出《论语·子张》：“君子有三变：望之俨然，即之也温，听其言也厉。”这是说君子给人三种感觉：远远看上去很有派头，近距离接触起来却很温和，而他说话又很严厉。

“景庄”即“大庄”，意思是“非常庄重”。“景”在古汉语里最主要的意思是“大”，比如“高山仰止，景行行止”，“景行”就是“大路”。

显然，柳永一直在与自己的名与字背道而驰。

后来柳永生了一场大病，出于吉利的考虑，他改名永，字耆卿。“永”即“永久”，“耆”即“长寿”，柳永希望自己能尽快康复，健康长寿。当死亡迫在眉睫的时候，生存变成了第一要务，原名里所蕴含的道德训诫就让位给生存好了。

欧阳修

The Stories of the Great Lyricists
in Song Dynasty

化解危机的词与招灾惹祸的词

关键词：
篋钱案

警句：
人生自是有情痴，此恨不关风与月。

1.

理想的生活只有一种，即顺应个人兴趣的生活。如果一个人家境不佳，那么最糟糕的事情莫过于培养出了某种不合时宜的兴趣。宋真宗大中祥符九年（1016 年），年仅十岁的欧阳修在小伙伴李尧辅的家里翻出了一套残破不堪的韩愈文集，当即便发狂一般地爱上了韩愈的文章，人生的第二个悲剧就这样以难以察觉的形式拉开了帷幕。

欧阳修人生的第一个悲剧发生在他四岁那年：父亲突然在任所去世，寡母无以为生，只有带着自己远赴外省，投奔叔父。叔父当时担任推官，说是官，其实只是幕僚一类的角色，薪俸既不高，油水亦不大，只有一点善良的心地可以给这一对孤儿寡母尽情倚靠。所以欧阳修在幼年便晓得了只有知识才能改变命运的道理，而唯一尚未想通的事情就是：并不是所有的知识都可以改变命运，比如韩愈的那一套古文技巧。

年仅十岁的欧阳修其实还读不懂韩愈的文章，只是被那汪洋纵恣的文采深深迷住了。读不懂，但仍觉得美，这正如恋爱的感觉一般。好说歹说，欧阳修从李家讨去了那部韩愈文集。李家是当地富户，倒也不在意这一些残破不全的故纸。欧阳修是个绝顶聪慧的孩子，却也没有聪慧到多问一句：这样好的一部书为什么会被人如此漫不经心地保存，几乎是当作废纸来处理的呢？

2.

韩愈是散文大师，而散文是一种“没用”的文体。从唐代至宋代，政府公文都以骈文书写，以华丽的辞藻和工整的对仗为佳。一篇完整的骈文是由几十、上百个对联组成的，最适合摇头晃脑地吟诵。皇帝诏令也好，法院判词也罢，通通是由骈文写就，所以骈文是最实用的文体，科举考试要考的当然就是这种文体。

要想以知识改变命运，唯一的出路就是通过科举步入官场；要想通过科举，就必须苦练骈文。所以韩愈的散文对于欧阳修，正如《庄子》和《西厢记》对于贾宝玉一样。

数年之后，欧阳修终于为自己的兴趣付出了代价：两次应试，两次落败。富家子弟不妨自由地发展天性，但寒门子弟必须学会放弃和妥协。后来的事实证明：李尧辅随心所欲地读书求知，全不愿违背性情，就算做了宰相的妹婿，有这等过硬的靠山，亦始终沉沦下僚，不肯为仕途升迁而妥协半分；欧阳修明智地将韩愈文章束之高阁，转而学习骈文，立志要等自己做官以后再重新拾起对散文的兴趣，后来欧阳修果然科场顺遂，亦果然在做官之后再做散文，终成一代散文名家，和他所崇拜的韩愈并列“唐宋八大家”。所谓“唐宋八大家”，专指散文名家，骈文高手无预其列。

所以，以“诗人即赤子”的现代标准论，欧阳修显然算不上一个真正的诗人。诗人只有真，而妥协几近于伪。“倘若你无精打采地烤着面包，你烤成的面包是苦的，只能救半个人的饥饿。你若是心怀怨恨地压榨着葡萄酒，你的怨恨，相当于在酒里滴下了毒液。倘若你能像天使一般地唱，却不爱唱，那你就把人们能听到白天和黑夜的声音的耳朵都塞住了。”纪伯伦在《先知》里如此描述一切人一切工作应有的样子，这真是何等理想化的标准啊。欧阳修满怀怨望，搁置了难以释手更难以释怀的韩愈式散文，他必须首先做一名成功人士，其次才是一个诗人。

他成功了，他也确实成为了一个诗人。

3.

在年轻的欧阳修身上一点都看不出一代宗师的影子。时人嫌他恃才放旷，诋他有才无行。这倒不是冤枉，初入官场的欧阳修确实有一点小人得志的嘴脸。好容易才从贫寒转入富贵，心态上难免有一些微妙的变化。

幸而欧阳修甫入官场便在钱惟演手下做事。钱惟演喜欢闲适优雅的生活，最擅长的不是做事，而是不做事，欧阳修便乐得迟到、早退、旷工，和相好的同僚们吟诗作对、游山玩水，公务这等俗事自然是不会放在心上的。

钱惟演是老江湖，早已修炼到了从心所欲而不逾矩的境界，无论做事或不做事，对分寸都拿捏得极稳。欧阳修却是年轻新进，心如野马，易纵难收，稍不小心便潇洒得过了头，和一名官伎谈起了一场浪漫的恋爱。

宋代是一个极尽声色犬马的时代，后来名闻历史的宋词便有太多篇幅都是写给歌女、并在歌女的世界里传唱开来的。但我们并不能据此认为当时的男女关系就有多么随便，因为“娼”实则是“倡”，“妓”实则是“伎”，卖艺而不卖身。

如果按照现在的分类，歌伎属于合法的演艺人员。当然她们的地位不高，甚至没有独立的户籍。官伎隶属于官府，属于乐籍；私伎隶属于主人，和牛马猪羊同类，可以被主人自由买卖，所以被官僚士大夫广为蓄养。

官伎又分几种，和宋词最有关联的是营伎，即隶属于地方政府的官伎，其管理机构叫乐营，负责人称乐营将。官员宴饮，常常要召官伎歌舞助兴，但是，宋代对官伎有一套相当严格的管理制度，严禁官员与官伎发生涉嫌暧昧的私人感情。这真是难为了那些渴望爱情的才子佳人，所以宋词里面才会饱含着士大夫对歌伎的相思执念。才子纵使多情，也当时时提醒自己莫要越雷池一步，毕竟世上有多少爱情值得青年俊彦自毁前程呢，尤其对于欧阳修这样一个毫无背景且功名来之不易的人。

4.

欧阳修一贯迟到、早退，视公务为无物，钱惟演非但不加督责，反而给了太多鼓励。但欧阳修终于玩得越界了，和一名官伎过分地亲热起来。某天钱惟演在后园设宴，唯独欧阳修和那名歌伎迟迟不至。待两人终于露面，在席间却只顾眉目传情。钱惟演看在眼里，知道该给欧阳修狠狠敲一次警钟了。

钱惟演故意责备那名歌伎姗姗来迟，歌伎仓皇之下，胡乱编了一个理由："因为天气酷热，便往凉堂小睡，醒来后发觉丢了金钗，遍寻不得，故此耽搁了时间。"钱惟演并不点破，却只道："若得欧推官一词，我当偿付你的钗价。”

责罚者大有雅趣，被责者亦不失急才。欧阳修即席填写了一阕《临江仙》，将歌伎失钗的情景点染得如诗如画：

柳外轻雷池上雨，
雨声滴碎荷声。
小楼西角断虹明。
阑干倚处，待得月华生。
燕子飞来窥画栋，
玉钩垂下帘旌。
凉波不动簟纹平。
水精双枕，傍有堕钗横。

词义是说池塘上刚刚下过了雨，那雨景是温柔的：雷只是轻雷，雨只是疏雨。雨方停，小楼西角现出了一段明媚的彩虹，倚栏而立的人也许就这样痴痴地立到月亮升起的时候，陷入迷醉的情绪里无法自拔。那歌伎小睡的所在最美，帘栊虽然垂下，却有燕子隔帘窥探，而那支失落的金钗，不就横在水精双枕的旁边吗?

小词写得如此巧妙，立时博得了满堂的彩声。钱惟演当下令那名歌伎向欧阳修斟酒致谢，并批示以公款偿付钗价，使一场问罪翻为一段文坛佳话。而欧阳修虽然凭着急才化险为夷，却也从此收敛了许多。聪明人之间的事情，从来都是这样点到即止、心照不宣的。

5.

宋人并不将填词看作一项多么重要的事业，只当它是茶余饭后的消遣或郎情妾意的寄托罢了，创作态度往往并不十分认真，甚至还会有些轻率或轻浮。也正因为这个缘故，词有时竟会成为给作者招灾惹祸的东西。柳永会懊悔“忍把浮名，换了浅斟低唱”，欧阳修则会懊悔他的一阕《望江南》。

如果让欧阳修挑选一首自己最喜欢的词，他或许会有一点手足无措，但若问他这一生最不该写的是哪一首词，他一定会举出那首《望江南》的：

江南柳，叶小未成阴。

人为丝轻那忍折，莺怜枝嫩不胜吟。

留取待春深。

十四五，闲抱琵琶寻。

堂上簸钱堂下走，恁时相见已留心。

何况到如今。

这首词看似无非是寄托了对一名少女的小小情怀，却牵引出当时最受瞩目的一场风化事件，丑闻的主角竟然就是已经位高权重、道德文章为一代师表的欧阳修。

事情是由开封府审理的一起通奸案开始的：欧阳晟的妻子张氏与男仆私通，事败见官之后，或许是出于恐惧过度，张氏除了对奸情供认不讳之外，竟然还供出了婚前的一段不伦之恋，说自己小时候寄住在舅父欧阳修家，和舅父很有一些暧昧。

那时候的欧阳修已是官运亨通、名满天下的人物，所以张氏的供词简直在舆情中掀起了轩然大波。欧阳修被迫做出自辩，除了鸣冤之外，还交代这个外甥女其实和自己并没有任何意义上的血缘关系，请世人不要妄作乱伦方面的揣测：张氏的母亲确实是欧阳修的妹妹，但她续弦于张龟年，抚养着丈夫与其前妻的一个女儿；后来张龟年早故，欧阳氏便带着继女投奔兄长；待这女孩子长大成人，欧阳修便以舅父的身份主婚，将她许配给了自己的堂侄欧阳晟。来龙去脉就是如此这般，那等刺激群氓肾上腺素的丑事纯属捏造。

欧阳修自辩的重点是：这个外甥女随着继母到自家寄住的时候只有七岁，任自己再如何风流俊赏，难道会和一个七岁的小女孩发生什么吗？

欧阳修聪慧过人，的确抓住了问题的重点，简直没有给对手留下任何可以反击的余地，而令所有人都万万没有想到的是，面对这样的辩词，有个名叫钱勰的官员冷冷笑道：“七岁不正是学簸钱的年纪吗？！”

6.

簸钱是一种赌赛游戏，曾是在唐代的宫女间最流行的一种排遣寂寞的方式。游戏极简单，只消将各自手中的一把铜钱摇晃几下，抛在地上，以正反面的多寡决定胜负。欧阳修那首词里，“堂上簸钱堂下走，恁时相见已留心”，岂不是说当那个小女孩在庭院里调皮簸钱的时候，他这个身为舅父的人便已经暗自动心了吗？“何况到如今”，簸钱时便已动心，何况她忽忽已到了十四五岁的青春年纪呢？

一阕《望江南》可谓“铁证如山”，词中那些暧昧的言语实在太容易附会到欧阳修与张氏的关系上，而这种丑闻偏偏最容易吸引世人的眼球，欧阳修这一回真是百口莫辩了。若想起欧阳修最传世的警句“人生自是有情痴，此恨不关风与月”，风也好，月也好，本与我们没有任何关系，不过因为我们心内的情痴，故而每每在风之前、月之下或触景生情，或因物起兴罢了；美学的道理虽然如此，但审美一旦落入现实，竟然真的关乎“风月”。

其实又有谁真的在意这样一起无关痛痒的风月案呢，所有对欧阳修不遗余力的攻讦都只是源于党争罢了。在这一年里，范仲淹、杜衍、富弼、韩琦这些新政名臣相继罢官，而作为范仲淹等人明目张胆的同情者，欧阳修分明已经走入政治队形中的死地，就算没有这一起风月案，也自然会被按上其他的罪名。

一首《望江南》终于将欧阳修逐出朝廷，外放滁州，后人因此得福，得以读到《醉翁亭记》这样精彩的散文。精研多年的骈文终归只是应付公务的，而一旦贬官失势，岂不正可以借机抒发久抑的天性，将韩愈式的散文酣畅淋漓地写上一番吗？

7.

若干年后，在南宋朝廷开始偏安江南的时候，宋高宗赵构也填了一首几乎沿袭欧词的《望江南》：

江南柳，嫩绿未成阴。

攀枝尚怜枝叶嫩，黄鹂飞上力难禁。

留取待春深。

似乎赵构欲以帝王之尊为欧阳修鸣不平，其实欧阳修与外甥女的绯闻恋情在这首词里已经变成了一则风雅的掌故。当时赵构宫中有两名受宠的妃子，皆姓刘，宫中称年稍长者为大刘妃，年少者为小刘妃。小刘妃初入宫时年纪尚幼，赵构极爱怜她，便为她填了这首《望江南》，准备“留取待春深”。欧阳修若泉下有知，真不知道该作何感想。

◇◇

欧阳修名字考

欧阳修，字永叔。根据名、字相应的原则，“修”与“永”在这里都是“长久”的意思。欧阳修自号六一居士，所谓“六一”，据欧阳修自述，是指家里藏书一万卷，集录金石遗文一千卷，有琴一张，棋一局，常备好酒一壶，再加上自己这一个老翁。

秦观

The Stories of the Great Lyricists
in Song Dynasty

爱情的制谜者

关键词：

相思

警句：

自在飞花轻似梦，无边丝雨细如愁。

1.

久别重逢，苏轼问秦观近来可填了什么新词，秦观吟出一阕《水龙吟》。苏轼略带失望：“‘小楼连苑横空，下窥绣毂雕鞍骤’，十三个字，只说得一个人骑马从楼前经过。恰好我也有一阕新词说楼上之事的，你看如何：‘燕子楼空，佳人何在，空锁楼中燕。’”晁无咎立即发出了感叹：“三句话说尽张建封燕子楼一段故事，奇哉！”

这是文学评论家最为津津乐道的一则词坛逸事，因为它恰恰见出了古典诗词最重要的审美趣味：隽永。文学若想做到隽永，必须文辞简洁而余味深长，恨不得一个字道出千万字的意思。若再受禅宗的影响，就连一个字也多余，不如“一默如雷”的好。

但秦观填词往往不甚在意文学，只当它是爱情的私语罢了。藏在词作里的私人密码，只有当事的两个人才能读懂。那首《水龙吟》其实不该讲给苏轼，它只是一封私信，连我们都不该读到：

小楼连苑横空，下窥绣毂雕鞍骤。

朱帘半卷，单衣初试，清明时候。

破暖轻风，弄晴微雨，欲无还有。

卖花声过尽，斜阳院落，红成阵、飞鸳甃[①]。

玉佩丁东别后，怅佳期、参差难又。

名缰利锁，天还知道，和天也瘦。

花下重门，柳边深巷，不堪回首。

念多情、但有当时皓月，向人依旧。

全篇尽写别后相思，所思念的女子就隐藏在词的上下片首句里："小楼连苑横空""玉佩丁东别后"，分别藏了楼、东、玉三个字，这就是她的闺名。

楼婉，字东玉，是蔡州的一名营伎。秦观在蔡州时恋上了她，但才子要经历宦海浮沉，行为每每身不由己，佳人隶属乐籍，非但不敢

---

①甃（zhòu）：砖。

追随爱情而去，甚至连一点情愫都泄露不得。这样的爱情故事，往往都是以诀别和思念为结局的。

2.

秦观总会陷入与歌女的恋情里去，有时是出自才子的风流本性，有时是出自“同是天涯沦落人”的同情，有时又会认真得不可救药。无论如何，他总是喜欢将词作当成爱情的密信。这密信可以被传唱，可以被所有人听懂，但只有一个人才可以一下子破解信中那会心的字谜。《南柯子 · 玉漏迢迢尽》也是这样的一首词：

玉漏迢迢尽，银潢[①]淡淡横。

梦回宿酒未全醒。

已被邻鸡催起、怕天明。

臂上妆犹在，襟间泪尚盈。

水边灯火渐人行。

天外一钩残月、带三星。

这首词是描写一名女子在黎明从宿醉中醒来，看着窗外的天色与

①银潢：银河。

风光，被思念咬啮着心口。其实最关键的一层意思，藏在末一句“天外一钩残月、带三星”里。

这句话看似平铺直叙，却暗用典故，即《诗经·唐风·绸缪》中的“绸缪束薪，三星在天”。《绸缪》本就是一首缠绵的情歌，于“三星在天”叹息着“今夕何夕，见此良人？子兮子兮，如此良人何？”

《诗经》是古代的必读书，所以，我们现代人无法由此产生的联想在古人那里却是自然而然发生的。古人自然会从“三星”联想到“三星在天”，进而联想到《诗经》里刻骨相思的语境。

这“三星”并非“三颗星星”，而是参星，即参宿，古汉语三、参互通。《绸缪》分别以“三星在天”“三星在隅”“三星在户”作为每一节诗章的起首，分别是指参宿在天空中的不同位置，对应人间的时节便是十月、十一月和十二月。《诗经》时代的这对情侣之所以缱绻却愁苦，是因为这三个月份都不是结婚的日子，只有仲春时节才是民俗中约定的婚期。若我们晓得这层深意，便会理解秦观之所以用到这个典故，其实暗暗含有有情人难成眷属的叹惋。

但这还远不是诗意的全部。“天外一钩残月、带三星”更是一则字谜：一个残月一般的弯钩上边点上三点，岂不分明是一个“心”字吗？这首词是写给一个名叫陶心儿的歌女，纪念一段注定没有结局的爱情。

3.

而最悲伤的恋情藏在一阕《青门饮》里。秦观做了一辈子仕途上的失意者，与歌女的爱情几乎就是他生活中的重心。我们也许会觉得他游戏风尘，但他并不是从来没有认真过。

他曾经如此深爱过一名歌女，却因为一纸调令而不得不与她分离。临别之时他向她许下诺言，他从此再不亲近任何女子，只盼到机缘合适时娶她为妻。他真心承诺她，她也真心相信他。但热恋中的人总是易妒而多疑，他听到了关于她的一些传言，便在困扰的煎熬里写下一首《青门饮》寄给了她。如果问秦观一生中最后悔的词作，那么无疑就是这一首了：

风起云间，雁横天末，严城画角，梅花三奏。

塞草西风，冻云笼月，窗外晓寒轻透。

人去香犹在，孤衾长闲馀绣。

恨与宵长，一夜薰炉，添尽香兽。

前事空劳回首。虽梦断春归，相思依旧。

湘瑟声沉，庾梅信断，谁念画眉人瘦。

一句难忘处，怎忍辜、耳边轻咒[①]。

任人攀折，可怜又学，章台杨柳。

这首词写尽相思，更写尽相思时的忐忑不安，末句“任人攀折，可怜又学，章台杨柳”则道出忐忑尽头的猜疑了。“章台杨柳”用唐代诗人韩翃与妻子柳氏的故事，韩翃担心妻子会在战乱的分离后似章台杨柳一般任人攀折，而韩翃得到了大团圆的结局，秦观的恋人却因为这句话削发为尼，这是何等的恼恨与决绝啊。她成功地向恋人表达了矢志不渝的忠贞，用了这样一种无法回头的方式。

宋人笔记里记有这样一则逸事。理学宗师程颐某天见到秦观，问道：“‘天若有情，天也为人烦恼’，这是你写的词吗？”秦观以为程颐是在表达赞赏，连忙拱手称谢，程颐却冷冷说道：“上天尊严，怎能如此轻易狎侮呢？”看来词人永远不要与道学家探讨文学，而这则逸事透露给我们的另一则信息是：秦观一生都活在一个“情”字里，士大夫的森严世界总不愿意接纳这个太过多情的词人。

---

①呪（zhòu）：同“咒”。

◇◇◇

秦观名字考

秦观，字少游。秦观的父亲曾经从学于北宋名儒胡瑗，其间最钦佩自己的两位同学王观、王觌兄弟，所以就用这两位同学的名字来命名自己的孩子。观、觌，都是“看”的意思。秦观原字太虚，三十七岁那年自己改为少游，他的好友陈师道还专门为这件事写了一篇《秦少游字序》。文中说秦观之所以改字少游，是因为科场一再失利，索性要效法马少游的人生哲学。

马少游是汉朝人，是名将马援的从弟。马援一生建功立业，马少游却很看不上这位兄长，认为人生在世只要衣食无忧、乡里称善就最好不过，任何超乎其上的追求既无谓也往往会自寻烦恼。后世文人失意时，往往会退守到马少游的精神家园里去。秦观其实并没有马少游这般发自天性的豁达，他时刻都有一颗追求功名的心，但只有在情感和文艺的世界里他才真的有过一点如鱼得水的快乐。

苏轼

The Stories of the Great Lyricists
in Song Dynasty

从爱情中脱身

关键词：
附会

警句：
拣尽寒枝不肯栖，寂寞沙洲冷。

1.

爱情既是最容易被亵渎的东西，也是最容易被拿来亵渎一切高尚情操的工具。

这实在是一件无可奈何的事情，任何阳春白雪若想变身为流行作品，打动千千万万的低端读者，就必须添一些爱情八卦的猛料。无论在历史上还是在今天，都有无数的爱情受害者，而越是名人，越是一身故事的人，受害的概率自然也就越大。

以下就是宋代某好事者通过“实地走访”而得来的一剂爱情猛料：苏轼被贬谪黄州，过着有职无权、迹同软禁的日子，幸而他是个天性乐观而豁达的人，在节衣缩食、“闭门思过”之余，每日一有闲暇，总会以读书自娱。在文化普及程度绝不算高的古代，读书可以算是一件相当性感的事情。青春少女倾听男子的朗读声，那感觉正如今天的女生在演唱会的喧扰人群中听摇滚巨星的激情嘶吼。所以当苏轼的读书声越过院墙，日复一日地落入邻家少女的心底时，她越发陷入迷狂的情绪里无法自拔。

及笄之年的少女正是让父母操心婚姻大事的时候，但她除了院墙那边读书声琅琅的主人，心里已再容不下任何一名男子。由崇拜而生的爱情最是激动人心，她疯狂地崇拜着他，转眼间他便已是她的全部世界。

于是在那个“父母之命，媒妁之言”的时代里，她以决绝的姿态拒绝了一切求婚者，更以义无反顾的姿态提出了自己的婚姻标准，这标准只有一个，就是读书能读到如苏轼那般动听。

这是一场注定没有结局的爱情，在苏轼后半生宦海浮沉的岁月里，那位雪泥鸿爪般的邻家少女无一日不思念着他那迷人的声音，于是在郁郁中独身以终老。苏轼对这份痴情所做的唯一回报，就是填了一阕《卜算子》来哀悼这一段无凭的缘分：

缺月挂疏桐，漏断人初静。

时见幽人独往来，缥缈孤鸿影。

惊起却回头，有恨无人省。

拣尽寒枝不肯栖，寂寞沙洲冷。

“缺月挂疏桐，漏断人初静”，点明时间，一派清冷的夜色；“幽人独往来”，这人便是苏轼自己，幽独徘徊，或许正在吟诵着什么；“缥缈孤鸿影”以喻邻女，在院墙的那边缥缈难见。“惊起却回头，有恨无人省”，那恨是他幽独的恨，亦是她思念的恨，他们同样孤独，遗弃了世界也被世界遗弃，隔绝了彼此也被彼此隔绝；“拣尽寒枝不肯栖，寂寞沙洲冷”，她为了他而拒绝了所有的求婚者，拒绝了父母为自己安排的一切美好姻缘，只为了不曾为她回首的他寂寞终老。

2.

不，有考据派站出来说：事情并不是这样的。这首词无关于黄州，爱情的悲剧发生于苏轼的家乡眉州。那时候苏轼尚未取得功名，还只是一名在勤学苦读中憧憬着功名的学子。

勤学中的苏轼常常读书读到深夜，他那充满魅惑的读书声飘越院墙，落到了邻家一名富家少女的心底。她不可救药地爱上了他，不惜在夜半时分悄悄溜出家门，敲响了他那扇原本只为寂寞而预备的房门。少年苏轼在错愕中感动，在感动中却并未忘乎所以，他以儒家君子的操守发乎情而止乎礼义。但他毕竟也在被爱中爱着对方，虽不是“七月七日长生殿”，却也有“夜半无人私语时”，他们海誓山盟，约定待他功名得中之后一定以衣锦还乡的姿态来向她明媒正娶。

思念虽然痛苦，希望却无比甜蜜。最甜蜜的日子并不是心愿实现的那一刻，而是在实现之前那漫长的一段忐忑期待的过程。这故事理应没有悬念，因为我们皆知道苏轼是宋代最耀目的科举明星，是完美诠释了“少年得志”一语的俊彦。但是，正如许许多多同类的故事一样，中举后的苏轼忘却了曾经的誓言，另外娶了妻室。

多年之后，苏轼不知为何忽然记挂起了那一段让他有愧于心的初恋，便打听那位邻家女子的遭际。她应该早已嫁人，却不知嫁给了怎样的人。然而旁人带回来的消息是残酷而惊心的：她死守诺言，不嫁而死。

苏轼愈愧疚，愈思念，无边的愁绪便以这一首《卜算子》排遣出来。每当“缺月挂疏桐，漏断人初静”的时候，都会有什么东西在咬啮着他那颗流血不止的心。

3.

当然，以上的爱情故事都是古代的好事者附会而成的，这首《卜算子》其实是苏轼感怀身世的作品。当时他刚刚经历过乌台诗案的折磨，险些丢了性命，与其说是谪贬黄州，不如说是被发配到了黄州。他是黄州的囚徒，所以为自己的命运悲悯；他更与所有人一样是命运的囚徒，所以为亘古以至于无穷的一切节操之士悲悯。这首词之所以不朽，不为爱情，只为这一份悲天悯人的情怀。

词句里，被放逐到社会边缘的士人与失群的孤雁难分彼此。若不嫌美感尽失，其字句可以约略逡译如下：梧桐树上挂着一弯残缺的月亮，滴漏悄无声息，夜已深了，只有一个幽独的人自来自去，身影缥缈不清，如同失群的大雁。这大雁受了惊，回头张望，心中的恨意无人能够领会。它飞过了一个个的高枝，却发觉那都不是落脚的地方。天色愈发寒凉，它终于在清冷而寂寞的沙洲上歇宿下来。

苏轼其实还是幸运的，因为他毕竟还有一片寂寞而寒冷的沙洲可以落脚。若换到一个不似宋代这般有宽容士大夫风气的时代，连沙洲中的一粒沙怕是也没有的。

◇◇

苏轼名字考

苏轼，字子瞻。苏氏一门父子三人都是当时的文坛宗匠，更被明人一并推举入“唐宋八大家”之列，可谓荣光无两。然而苏洵在给两个儿子取名的时候，也只和普通人一般寄予平安的期望而已，并不追求更多。

苏洵专门写有一篇《名二子说》，解释苏轼、苏辙兄弟名字的含义，大意是说：“轼”是车子上的扶手，是一辆车所有部件中最不重要、最不受人重视的一个，然而若缺了轼，一辆车便不完整。长子性情疏狂，父亲最担心他因为做人不够低调而惹祸，所以为他取名苏轼，希望他能够有所警醒。“辙”是车轮压过的痕迹，若说起车子的功效，车辙是没有份的。虽然如此，在车仆马毙的时候，祸患也并不会牵累到车辙。所以说车辙最善于在祸福之间找到自己安稳的位置。父亲为次子取名苏辙，是寄托了低调求全的期许。

苏轼字子瞻，人们乘车或扶轼而望，或登轼而望，“轼”与“瞻望”意义关联。苏辙字子由，“辄”与“经由”意义关联。这两兄弟的名与字，的确是巧妙而见出苦心的。

张才翁

The Stories of the Great Lyricists in Song Dynasty

填词也可以是一种上位的技巧

关键词：
善谀

警句：
无

1.

词是一种美丽的事物，无奈在鄙俗的世界里，再美丽的事物也往往会沦为通往名利的工具。这是词的悲哀，却是人类社会的常态。这样的词作，选本里从不收录，让我们误以为词的世界从来都是纯净宜人的，直到我们终于意外地发现一些不纯净、不宜人的污垢，才晓得我们确实无力经由艺术的世界而远离尘嚣。

张才翁，不详其字，在临邛的司法系统任职。临邛一带原是道教最盛的地方，白居易《长恨歌》所谓“临邛道士鸿都客”曾经天下闻名。张才翁颇沾染了几分临邛道士的仙风道骨，向来风韵不羁，很有一点恃才傲物的狂生姿态。

如果遇到钱惟演那样的上级长官，张才翁也许可以一直逍遥下去，甚至还有可能凭着自己的才华与性情而得到一些额外的眷顾，但他的上级，郡守大人张公庠偏偏刻板许多，对这名狂生属下的厌恶已经到了相当程度，以至于就连礼节性的掩饰都懒得费力了。

倘若张才翁的轻狂真的可以狂到超然物外，那倒也无甚所谓，但他对前程总是关心的，所以他必须为职场上最经典的一个问题殚精竭虑：怎样才能将上级长官对自己的不良印象扭转过来。行贿送礼，溜须拍马，这些经典手段仅仅适用于俗人，张公庠是个风雅之人，只能以风雅的手段施出必杀的一击。

2.

某日张公庠率属官赴白鹤游宴，这一次公款吃喝的名单上毫无悬念地没有张才翁的名字。张才翁的计划正需要这样的一个时机，他找来一个名叫杨皎的官伎，私下嘱咐说：“张老头子一到那边，一定会作诗，到时候请你立即找人把他的新诗送到我这里来。”

果然不出张才翁所料，张公庠才到白鹤，便赋诗以留念。这真是一种深深扎根于人类基因里的领域占有欲啊，文人墨客会吟诗作赋，无知妇孺会刻画“到此一游”，时尚旅行者会拍照秀在微博里，其实都是亘古以来的行为模式。

张公庠以一首七律留题，自然比“到此一游”风雅许多：

初眠官柳未成阴，马上聊为拥鼻吟。

远宦情怀销壮志，好花时节负归心。

别离长恨人南北，会合休辞酒浅深。

欲把春愁闲抖擞，乱山高处一登临。

这样的诗，是官场上最常见的一种故作潇洒与无奈的姿态，说什么既伤远宦，又负归心，其实除了自己的那一点名利之心以外，又有谁逼你远宦不归呢？

宋代惯例，官员游宴时往往要召官伎随行，在筵席上以歌舞助兴。受张才翁重托的杨皎正是随张公庠白鹤之游的官伎之一。杨皎如约，急速抄录了张公庠的新诗，托人送到张才翁手里。张才翁文不加点，迅速在原稿上增增减减，改写出一阕《雨中花》，内容还是原来的内容，只是形式上由诗而词，大见巧妙：

万缕青青。初眠官柳，向人犹未成阴。

据雕鞍马上，拥鼻微吟。

远宦情怀谁问，空嗟壮志销沈。

正好花时节，山城留滞，忍负归心。

别离万里，飘蓬无定，谁念会合难凭。

相聚里、休辞金盏，酒浅还深。

欲把春愁抖擞，春愁转更难禁。

乱山高处，凭栏垂袖，聊寄登临。

词甫一写就，便快马加鞭地被送到杨皎手上。当杨皎以婉转的歌喉当众唱出这阕《雨中花》的时候，上自张公庠，下至合座僚属，简直诧异到疑真疑梦的地步了。探问之下，杨皎道出这词是张才翁刚刚寄来，嘱托自己敬献台座的。

张才翁成功地向长官兜售出“知音”的感觉，这感觉地位愈高的人愈觉得珍惜且受用。自此以后，张公庠对张才翁最为厚遇。这真是耐人寻味，因为张才翁并不是个多么了不起的词人，《全宋词》收录他的作品也只有这《雨中花》一首，但这又如何呢，这区区一首甚至算不上原创的词逆转了他的命运。比之那些有多少绝妙好词流传天下却一生偃蹇沉沦的词人，张才翁才是世俗意义上的成功典范。

琴操

The Stories of the Great Lyricists
in Song Dynasty

在逻辑的机锋中顿悟

关键词：

改韵、机锋

警句：

两堤芳草一江云，早晚是、西楼望处。

1.

如张才翁那般改诗为词是一种富于技术性乐趣的游戏，高手还可以将全词改韵而意思不变。这甚至不必才子操刀，就在那些于美丽宋词中浸淫最深的歌女之间，佼佼者便可以显露这一惊才艳羡的手段。

宋人笔记里记载有这样一则故事：在杭州西湖的一次宴饮上，一名官员唱起了秦观的名作《满庭芳 · 山抹微云》，不慎一句“画角声断斜阳”唱错了韵脚，正在一旁的歌女琴操提醒道：“应是‘画角声断谯门’，不是‘斜阳’。”

被当众拂了面子，官员便存心刁难一下这个不识趣的歌女：“我偏要唱‘斜阳’，你可以为我改韵吗？”

若是小令，改韵倒还不算太难，《满庭芳》偏偏是个长调，若通篇改换韵脚而不变原意，又要即席完成、文不加点，怕是第一流的才子也不敢轻易尝试。但琴操居然做到了，因此在宋词这个男人的世界里高明地留下了自己的芳名。我们若对比秦观的原作和琴操的改作，真要佩服后者庖丁一般游刃有余的技艺：

秦观原作：

山抹微云，天连衰草，画角声断谯门。

暂停征棹，聊共引离尊。

多少蓬莱旧事，空回首、烟霭纷纷。

斜阳外，寒鸦万点，流水绕孤村。

销魂。当此际，香囊暗解，罗带轻分。

谩赢得、青楼薄幸名存。

此去何时见也，襟袖上、空惹啼痕。

伤情处，高城望断，灯火已黄昏。

琴操改作：

山抹微云，天连衰草，画角声断斜阳。

暂停征辔，聊共饮离觞。

多少蓬莱旧侣，频回首、烟霭茫茫。

孤村里，寒鸦万点，流水绕红墙。

魂伤。当此际，轻分罗带，暗解香囊。

谩赢得，青楼薄幸名狂。

此去何时见也，襟袖上、空有馀香。

伤心处，高城望断，灯火已昏黄。

2.

苏轼当时正出知杭州，从此对琴操另眼相看，每游西湖必使琴操相陪。

琴操确是才女，因为若能改得一手好词，自己必须能作得一手好词。琴操的原创词作也曾征服过士大夫，最传世的是一阕《临江仙》：

教来歌舞，接成桃李，尽是使君指似。

如今装就满城春，忍便拥、双旌归去。

莺心巧啭，花心争吐，无计可留君住。

两堤芳草一江云，早晚是、西楼望处。

这首词是为送别一位地方长官而作，清澈而毫无媚骨，在同类作品里算是很脱俗的。人们总愿意为才女与才子搭上一点关系，于是后世流传有太多琴操与苏轼的“佳话”。然而有据可考的其实只有下面这唯一的一个故事：

那时候禅宗机锋正变成士大夫的语言游戏，苏轼便与琴操相戏，自己扮演佛门长老，琴操扮作发问之人。当时两人都不曾预见，这一场游戏竟然决定了琴操的命运。

琴操以眼前情景发端：“何谓湖中景？”

苏轼道：“秋水共长天一色，落霞与孤鹜齐飞。”

琴操问：“何谓景中人？”

苏轼道：“裙拖六幅潇湘水，鬓亸巫山一段云。”

琴操问：“何谓人中意？”

苏轼道：“惜他杨学士，憋杀鲍参军。”

琴操问：“如此究竟如何？”

苏轼道：“门前冷落车马稀，老大嫁作商人妇。”

机锋是一种古怪的东西，往往答非所问。其实我们若看《六祖坛经》,会发现在慧能和神秀的时代里禅宗还是在以常规的语言阐释佛理，没有半点故弄玄虚、让人凭空去“悟”的内容。然后禅宗后学发展出了机锋，语言越来越高深莫测，从此使禅宗彻底神秘化了。但越神秘的东西偏偏越能够引起人们的兴趣，百姓自然只是念佛，士大夫阶层却以机锋为时尚了。

苏轼是一个极彻底的理性主义者,所以他打的机锋其实不是机锋，只是以诗的语言来给现实问题做出回答罢了。苏轼与琴操的游戏，貌似机锋对答，其实却是一场文人之间的游戏。苏轼最后的一句回答，有意无意间恰恰切中了琴操的身世之悲。琴操本为游戏，却真的在这段机锋中大悟，从此削发为尼，从灯红酒绿的繁华遁入了青灯古佛的寂寞。这大约要为今人所不解了：在尽享青春的绚烂之后，老大嫁作商人妇，这不正是无数女性最为心仪的人生轨迹吗?

孙洙

The Stories of the Great Lyricists
in Song Dynasty

一位胆敢早退的
翰林学士

关键词：
琵琶

警句：
漫道玉为堂，玉堂今夜长。

1.

通常人们会认为，是否表达了真情实感是判断文学作品优劣的不可或缺的指标。文学贵真，但真情实感往往并不是那么美丽而高尚的。

元丰年间的某夜，宋神宗突然需要草拟诏书，派人到翰林院宣召翰林学士孙洙。使者意外发现整座翰林院居然大门紧锁，本该坚守夜班岗位的孙洙早已不知去向。使者无奈，寻到了孙洙家里，却又一次扑了个空。但这一次好在探知了孙洙的去向，于是使者一行数十人，以浩浩荡荡的队列追蹑孙洙的踪迹，就这样一直寻到了太尉李端愿家。

原来李端愿新近纳妾，妾室以一手精湛的琵琶技艺妙绝天下，孙洙特地到李府做客夜饮，在迷人的琵琶声里醉而忘归，连翰林学士的职责都抛诸脑后了。无奈使者寻上门来，孙洙再不能有任何借口，悻悻离席，回翰林院履行自己的工作职责去了。为皇帝草拟诏书，这是天下文士梦寐以求的事业，若谋得这样一个职位，无异于成为一代文宗，尽享殊荣。在第一等的诗人里，李商隐曾经为这个职位奋斗了一辈子而始终无缘，若他晓得后世将有个名叫孙洙的文人如此轻慢翰林工作，真不知会做何感想呢。

2.

孙洙好容易敷衍完了诏书，而夜已阑珊，琵琶的余韵仍然在心底挥之不去。孙洙将那支刚刚履行完公务的笔再提起来，为私情写下一首《菩萨蛮》：

楼头尚有三通鼓，何须抵死催人去。

上马苦匆匆，琵琶曲未终。

回头肠断处，却更廉纤雨。

漫道玉为堂，玉堂今夜长。

这首词以死皮赖脸的风骨道尽了作者胸中的无尽怨愤，对本职工作中“不识趣”的安排大吐苦水，还说什么世人都觉得翰林院是玉石为堂，在这里供职荣光无限，偏偏我在这里只觉得长夜漫漫。

换作任何一个领导看过下属写这样的词，想来都会是同一种反应:

想听琵琶，就去听个够吧，从明天起就不用来上班了！倘若辞官便可以尽赏佳乐，孙洙或许真会这么做，但他偏偏忽略了这样的事实：你若辞了官，谁还耐烦邀你到府上做客赏乐呢？

当然，孙洙这样的员工注定不会有很好的前途，所以他另一首词里“惆怅旧欢如梦，觉来无处追寻”的美丽而幽怨的句子倒也适合他的职场后半生了。那是一首《河满子》，词牌下有“秋怨”的副题：

怅望浮生急景，凄凉宝瑟余音。

楚客多情偏怨别，碧山远水登临。

目送连天衰草，夜阑几处疏砧。

黄叶无风自落，秋云不雨长阴。

天若有情天亦老，摇摇幽恨难禁。

惆怅旧欢如梦，觉来无处追寻。

◇◇

孙洙名字考

孙洙，字巨源。“洙”即“洙水”，是山东曲阜一带的河流，孔子讲学即在洙水、泗水之间，故而后人以洙泗指代孔子的教学遗风。“巨源”即“大源”，洙泗之地即孔门学术的发源地。名与字意义呼应，表示长辈期待孙洙能成为孔门宗风的继承人。

曾布

The Stories of the Great Lyricists
in Song Dynasty

以词来讲故事的人

关键词：
叙事词、《冯燕传》

警句：
万古三河风义在。

1.

在我们通常的概念里，诗可以用来叙事，词却不能。这是因为诗的篇幅不受限制，所以有《长恨歌》《琵琶行》这样的作品，词却要被局限在词牌规定的字数之内。然而当诗逐渐脱离音乐而独立出来，词成为专门配乐歌咏的作品，岂非最适宜歌咏的吗？所以有曲艺之说，北方有京韵大鼓，南方有苏州评弹，所以历史上会出现柳敬亭这样名满天下的说唱大师。

所以词当然也可以用来叙事，若嫌词牌的篇幅过于短小，只消重复使用就是了。宋代名臣曾布就曾写过这样一组叙事词，将一个《水调歌头》词牌反复用到七遍，我们已完全可以从中看到后世曲艺的端倪了。当然，在宋词的世界里，这样的作品着实并不多见。

那是宋哲宗元祐年间，曾布镇守并州，深为当地的风土人情所感。并州即山西太原，唐代贾耽曾经坐镇于此，不拘一格地任用豪杰之士，传为一时佳话。并州人直到宋代仍然流传着贾耽保荐冯燕的故事，在世乱思良将的时候，这故事最令曾布动心。

2.

唐代除了诗歌盛极一时，同样兴盛的还有传奇文学。在唐传奇的名篇中，沈亚之的《冯燕传》是一个情节曲折、叙事流畅、人物性格鲜明、价值观却颇有一点诡异的作品。主人公冯燕出身于河南一个平凡家庭，少年时代过着古惑仔式的日子，整日里击球斗鸡，不务正业。当地有人因为争夺财物而大打出手，事情本与冯燕无关，但冯燕听说事有不平，偏要做一回侠客。结果冯燕搏杀了争斗中无理的一方，从此踏上了流亡之路，在滑州藏匿下来。

冯燕虽然亡命滑州，却终于藏不住天性，开始渐渐和滑州军中的年轻武士混在一处，继续过起了击球斗鸡的生活。滑州当时正是贾耽的辖区，贾耽慧眼察觉出冯燕的才干，便将他留下，在军中安排了一个职位给他。

冯燕一日外出，偶遇一名美艳的妇人倚在门边，两人眉目传情，就这样结了一段露水姻缘。那妇人的丈夫名唤张婴，恰恰也在滑州军中供职，他隐隐觉察到妻子的不忠，便每每殴打妻子，妻家亲眷为此甚恨张婴。

某日张婴出外宴饮，冯燕趁便来与张妻幽会，不料张婴提早还家。张妻仓皇开门迎接丈夫，将冯燕藏在自己的裙裾之下。似乎一场对决已不可避免，但张婴偏偏喝得大醉，摸索到床边倒头便睡。冯燕见机欲走，却发现自己的头巾正被张婴压在枕下，戏剧性的变故就这样发生了：冯燕举手示意，要张妻帮自己取来头巾，张妻却会错了意，将头巾旁边张婴的佩刀取了过来，交在冯燕的手上。

错愕之下，冯燕凝视佩刀良久，心里不知翻转过多少个来回。他也许是恍悟了情人的残忍，也许是在这样极端压力的环境中终于逼得自己反省这段孽缘。无论如何，冯燕终于拔刀挥去，但砍向的不是张婴，而是张妻的颈项。

3.

第二天一早，张婴从醉梦中醒转，发现妻子身首异处。他一时愣在那里，以为定是自己昨夜暴怒失手的缘故。事情败露，邻居们早知这对夫妻不和，便笃定张婴是凶手，将他绑缚官府。张妻的亲眷们自然也不会做其他的揣测，只要张婴偿命。张婴非但百口莫辩，就连自己也不相信凶手更有旁人。

案情似乎并不曲折，张婴很快便被问了斩罪。然而到了临刑之时，突然有一人从数千围观者中挤了出来，高呼道：“不可枉杀无辜！是我与其妻有染，继而杀之，你们该抓的人是我！”吏员执缚其人，正是冯燕。

真相终于大白，而故事再一次发生了逆转：贾耽为冯燕的举动深深叹服，将事情经过上报朝廷，说自己甘愿上缴官印以赎冯燕的死罪。这并不令古人意外，但令现代人大呼意外的是，皇帝竟然也赞许冯燕的义举，非但赦他无罪，连带着还赦免了滑州全城的死囚。

这就是冯燕事件的全部经过。沈亚之在文章的结尾说这件事是元和年间刘元鼎讲给自己的，自己之所以将之记载成文，是因为这故事太有教育意义：一来警醒世人要加意克制淫惑之心，二来冯燕堪为后世效法的榜样——他杀死不义之人（张妻），舍身挽救无辜之士（张婴），真有古代豪杰的遗风啊！

4.

看来直到宋代，人们依然不觉得这故事里的价值观有任何不妥。曾布在感奋之下，以一组《水调歌头》歌咏其事。前文张才翁改诗为词，技术难度其实并不甚大，曾布改传奇为词，这番功力远非张才翁可以望其项背：

排遍第一：

魏豪有冯燕，年少客幽并。

击球斗鸡为戏，游侠久知名。

因避仇、来东郡。元戎留属中军。

直气凌貔虎，须臾叱咤风云。凛凛坐中生。

偶乘佳兴。轻裘锦带，东风跃马，往来寻访幽胜。

游冶出东城。堤上莺花撩乱，香车宝马纵横。

草软平沙稳。高楼两岸春风。语笑隔帘声。

排遍第二：

袖笼鞭敲镫，无语独闲行。

绿杨下、人初静。烟澹夕阳明。

窈窕佳人，独立瑶阶，掷果潘郎，瞥见红颜，

横波盼，不胜娇软倚银屏。

曳红裳，频推朱户，半开还掩，似欲倚，

咿哑声里，细说深情。

因遣林间青鸟，为言彼此心期，的的深相许，

窃香解佩，绸缪相顾不胜情。

排遍第三：

说良人滑将张婴。从来嗜酒、还家镇长酩酊狂酲。

屋上鸣鸠空斗，梁间客燕相惊。

谁与花为主，兰房从此，朝云夕雨两牵萦。

似游丝飘荡，随风无定。

奈何岁华荏苒，欢计苦难凭。

唯见新恩缱绻，连枝并翼，香闺日日为郎，

谁知松萝托蔓，一比一毫轻。

排遍第四：

一夕还家醉，开户起相迎。

为郎引裾相庇，低首略潜形。

情深无隐。欲郎乘间起佳兵。

授青萍。茫然抚欢，不忍欺心。

尔能负心于彼，于我必无情。

熟视花钿不足，刚肠终不能平。

假手迎天意，一挥霜刃，窗间粉颈断瑶琼。

排遍第五:

凤凰钗、宝玉凋零。惨然怅，娇魂怨，饮泣吞声。

还被凌波呼唤，相将金谷同游，想见逢迎处，

揶揄羞面，妆脸泪盈盈。

醉眠人、醒来晨起，血凝螓首，但惊喧，

白邻里、骇我卒难明。

思败幽囚推究，覆盆无计哀鸣。

丹笔终诬服，圜门驱拥，衔冤垂首欲临刑。

排遍第六:

向红尘里，有喧呼攘臂，转声辟众，

莫遣人冤滥、杀张室，忍偷生。

僚吏惊呼呵叱，狂辞不变如初，投身属吏，慷慨吐丹诚。

仿佛缧绁，自疑梦中，闻者皆惊欢，为不平。

割爱无心，泣对虞姬，手戮倾城宠，

翻然起死，不教仇怨负冤声。

排遍第七：

义城元靖贤相国，嘉慕英雄士，赐金缯。

闻斯事，频叹赏，封章归印。

请赎冯燕罪，日边紫泥封诏，阖境赦深刑。

万古三河风义在，青简上、众知名。

河东注，任流水滔滔，水涸名难泯。

至今乐府歌咏，流入管弦声。

这一组词读下来，感觉不似宋词，却似元曲，说唱故事的味道实在是很浓。换言之，这不似士大夫的作品，倒更加接近民间文学。但是，以这样的形式来歌咏冯燕的事迹也许才是最恰当的，冯燕身上岂不正是带着原始而直接的民间泥土气息?

5.

曾布之所以感动于冯燕的故事，特以组词传唱之，并非因为什么独特的审美趣味，而是实实在在地有感而发。

曾布在今天并不是一个广为人知的人物，人们若提及他，总要说一声他是唐宋八大家里那位曾巩的兄弟。所以说政治是一时的，文学是久远的，就在宋代当时，曾布是何等声名显赫的政坛要员啊。

今天我们读《宋史》，会在《奸臣传》里发现他的名字，天大的委屈完全发端于王安石变法。仅从人事角度看，王安石变法堪称一场轰轰烈烈的闹剧，无数名利客、投机客总有能力将任何一项光辉而高尚的事业变成窃取私利的工具。几年下来，作为变法的首倡者，王安石见惯了各种翻云覆雨、阳奉阴违、首鼠两端的事情，在他心里，始终坚守初心的同道只有吕惠卿和曾布两人而已。

然而吕惠卿和曾布最后以不同的方式“背叛”了王安石。曾布是因为和王安石发生了政见分歧，不留情面地指出一揽子变法方案中“市易法”的弊端。这本属就事论事的君子之争，王安石和吕惠卿却以成大事不拘小节的姿态将曾布远贬至朝廷之外。吕惠卿才是真正的小人，起初出于政治投机的考虑坚定地站在王安石的一边，然后同样出于政治投机的考虑，摇身变成了攻击王安石最有力的反对派。待沧桑历遍的王安石蓦然回首之际，才发现真正的战友其实只有曾布一人。

6.

曾布是孤独的，既不见容于改革派，亦不见容于保守派。待王安石彻底落败，保守派大旗司马光执政的时候，曾布总算等到了一个翻身的机会：负责更改王安石时代制定的役法。

对于曾布而言，更改役法无异于递交政治投名状，表明自己与王安石决裂。但曾布拒绝了这个机会："役法当初是我亲手颁定实施的，我深知此法有益于国，故不可改。"于是出知并州便是保守派对曾布"不识抬举"的一次惩罚。

对错误要勇于承担，对道义要勇于坚持，这话说来容易，只是士大夫阶层所要遵守的最低标准罢了，但遍观朝野，究竟有谁做到了呢，反不如冯燕这一个市井之中的亡命徒。至于贾耽式的人物，便同样只有从史册里寻觅了。当曾布听歌女一再唱起那一组《水调歌头》的时候，他一定在为自己的遭际而落泪。

◇◇

曾布名字考

曾布，字子宣。"宣"与"布"同义，所以今天我们有"宣布"一词。曾布的异母兄长曾巩字子固，"巩"与"固"也是一样的名字规则，今天我们同样也有"巩固"一词。古文大多单字成词，与今时不同。

吴城小龙女

The Stories of the Great Lyricists
in Song Dynasty

鬼气清泠

关键词：
鬼诗

警句：
诗句恰成时，没入苍烟丛里。

1.

宋代真的有过一位小龙女，但并非人类，而是一个极著名的女鬼。

北宋文坛宗主黄庭坚一度在被贬谪的路上行经黔安，自黔安出峡，登荆州亭远眺。远方的风景却不如亭柱间题写的一阕《清平乐令》，一下子攫住他的视线，那阕词写的是：

帘卷曲阑独倚，江展暮云无际。

泪眼不曾晴，家在吴头楚尾。

数点落花乱委，扑鹿[①]沙鸥惊起。

①扑鹿：象声词，形容沙鸥惊飞的声音。

诗句恰成时，没入苍烟丛里。

最令黄庭坚惊异的是，这词句仿佛正是替自己写出来的，但作者究竟是谁呢？题词中毫无线索，只有“家在吴头楚尾”一句点明了词人的故里。

所谓吴头楚尾，大略指今天江西省之北部，古时吴国与楚国交界的地方。与黄庭坚同时代的洪刍写有一部《职方乘》，其中说“豫章之地，为吴头楚尾”，也就是今天的南昌了。词人应当正是在荆州亭上孤独地远眺豫章家乡，看那“江展暮云无际”，始终止不住扑簌的泪水。看眼前几点落花飘零，看远处成群的沙鸥惊飞，幽怨忍不住要化成诗句，而在诗句恰恰写成的时候，沙鸥已没入苍烟丛里不见了踪迹。

2.

是夜，黄庭坚投宿在荆州亭下的馆驿，那首《清平乐令》始终在他心底挥之不去。他恍惚见到一名少女姗姗而来，说自己家在豫章，乘舟经过此地的江面时不幸被江风吹落水中，魂魄思乡无尽，便在荆州亭柱上题词伤怀，机缘之下，这词作竟然得到一代文宗的共鸣，也算是稍稍值得欣慰了。

忽然从恍惚中惊醒，那少女却已如沙鸥一般“没入苍烟丛里”。

黄庭坚失声道：“这一定就是吴城小龙女啊！”

也许这只是一则美丽的传说，因为这首《清平乐令》太过清冷，不带一点人间烟火气息，只有定性为鬼词才能够令人信服吧。否则任是再如何陷入凄凉情绪的世人，也该不会将文字写出这般的寒意。

刘过

The Stories of the Great Lyricists
in Song Dynasty

天下奇男子

关键词：
豪侠

警句：
二十年重过南楼。

1.

宋代不但真的有过小龙女，也真的有过一个名过字改之的人，只是姓刘。若有画家依据文字来画像，刘过与吴城小龙女的形象、气质一定像极了《神雕侠侣》里的杨过和小龙女。

刘过一生偃蹇，功名无路，却始终不失慷慨豪侠之气，在南宋那个萎靡不振的士大夫世界里，他是少数几个真正令人感到有十足男子气概的人。所以时人推举他是“天下奇男子”，所以他即便在落拓中也总能得到女人的青睐，当然，以世俗的眼光来看，这未必就是好事。

刘过一度行经富沙，好友吴仲平在心仪歌女吴盼儿的家里热情招待了他。酒宴丰盛，歌声妙曼，为了答谢友人的盛情，填一首词赞美女主人总是合乎礼数的。当时谁都不曾想到，就是这一首词，很快便引发了一场血光之灾：

云一窝，玉一梭。

澹澹衫儿薄薄罗。

轻颦双黛螺。

秋风多，雨相和。

帘外芭蕉三两窠。

夜长人奈何。

词的开篇自是描绘吴盼儿的美：“云一窝”形容她鬓发如云，“玉一梭”形容她头上的玉簪，她穿着一袭淡雅的罗衫，只是眉头不知为何微微锁着。秋风秋雨的天气，雨水打在帘外的芭蕉叶上淅淅沥沥令人心碎，人将在怎样的心绪里挨过这漫漫长夜呢?

刘过填词，不由得便写出了心中的惆怅，而在此情此景之下，别人会否产生一点自觉不自觉的误读呢，尤其是在知晓词牌叫作《长相思》的时候。于是，只这一面、一词之缘，吴盼儿便不可自拔地恋上了刘过，而平白招致无妄之灾的吴仲平几乎妒恨得发狂。

在吴仲平的心里，刘过实在是触犯了“朋友妻，不可欺”这一条男人世界里最严肃的道德准绳，如司马相如琴挑文君一般以淫靡小词成功迷惑了好友的情人，这真是不共戴天的仇恨啊。

于是，吴仲平做了一件任何热血青年在同样情形下都想做却往往不敢去做的事情：挥刀冲向好友，以命相搏。当时的场面一定相当混乱，又或许是吴盼儿甘愿为意中人奋不顾身，总之事情的结果是：刘过躲过一劫，吴盼儿却被旧情人刺伤。

爱情纠葛演变为刑事案件，刘过与吴仲平不得不面对一场司法审判。

2.

负责审理此案的地方长官名叫吴琚，这个名字对于书法爱好者来说绝不陌生。吴琚是南宋第一流的书法名家，其传世作品在今天已经卖出天价。像吴琚这样一个极富艺术气质的人来审理这样一场风月案，眼光自然与平常官吏不同。刘过被无罪开释，原因只在于他为自己所写的一份极雅致的辩词："韩擒虎在门，顾丽华而难恋；陶朱公有意，与西子以偕来。"

辩词用到两则掌故：韩擒虎是隋朝开国元勋，平灭南陈，生擒陈后主及其最宠爱的美女张丽华；范蠡帮助越王勾践灭亡吴国，功成身退，改名陶朱公携西施泛舟五湖。刘过的意思是：自己有韩擒虎、陶朱公一般的英雄志向，并非耽于女色之人，但事已至此，也甘愿和吴盼儿一道扬帆远去。

案子虽然了结，刘过与吴盼儿却最终无法走在一起。我们已无从知晓吴盼儿后来的命运如何，只晓得这一段遭际在刘过的心底刻了一道血痕。后来刘过旧地重游，写有“春风重到凭阑处，肠断妆楼不忍登”的诗句，这道伤口显然久久不曾愈合。

3.

但是，这还不是刘过一生中最有传奇色彩的爱情故事，宋人笔记里浓墨重彩地记有他的一段奇遇。

刘过甚爱一位妾室，无奈男人总要追求功名，必须为了赶考而辞家远行。临歧送别，刘过眷恋而不忍行，后来在旅途中填有一阕《天仙子》，每天在旅舍投宿夜饮的时候便令随直小仆歌咏一番：

宿酒醺醺犹自醉，回顾头来三十里。

马儿只管去如飞，骑一会，行一会。

送断杀人山共水。

是则青衫深可喜，不道恩情拼得未。

雪迷前路小桥横，住底是，去底是。

思量我了思量你。

词句尽是口语，不加半点辞藻和典故的修饰。行到建昌，游麻姑山，薄暮独酌，屡屡歌咏此词，在思念中不觉落泪。情节行进至此，我们会以为这是一个一往情深的痴情故事，然而重要的逆转就发生在这一夜里。

二更时分，一名美姝手执拍板径自来到词人面前，说愿唱一曲以佐酒。不待刘过回答，她便唱道：

别酒未斟心先醉，忍听《阳关》辞故里。

扬鞭勒马到皇都，三题尽，当际会。

稳跳龙门三级水。

天意令吾先送喜，不审君侯知得未。

蔡邕博识爨[①]桐声，君背负，只此是。

酒满金杯来劝你。

竟然也是一阕《天仙子》，甚至赓和刘过的原韵。刘过听得“稳跳龙门三级水”的句子，想来是预示自己这一回功名得中吧，然而欣

---

①爨（cuàn）：烧火做饭。

喜之余，却始终不晓得“蔡邕博识爨桐声，君背负，只此是”究竟是什么意思。典故并不生僻，无非是说东汉音乐大师蔡邕听到有人以桐木柴禾生火做饭的声音，那火声甚奇特，他立即从灶台下将那段桐木抢救出来，后来制作成琴，声音绝妙。而琴尾仍留有一截当初烧焦的痕迹，便名此琴为焦尾琴。

焦尾琴的典故为何用在这里？“君背负”又该从何作解？算了吧，夜幕迷蒙里，索性不求甚解，疑真疑幻罢了。

两人就这样成了一夜的露水之欢，直到天明才问名姓。那美姝道：“我本麻姑仙子之妹，因犯小过而谪居此山，久不得回玉京仙界。恰闻君新词雅丽，勉强趁韵自媒，甘愿从此陪伴君之左右。”

4.

刘过心里该有怎样一番激烈的天人交战啊。情感终于战胜了理智，两人便这样结伴而行了。只是一路上毕竟不可太过招摇，美姝只是乘一袭小轿与刘过相望于百步之间。及至进入京城，这才觅了一处偏僻的所在秘密同居起来。

幸而正事并没有因此而耽搁，正如“稳跳龙门三级水”的吉祥预言，刘过顺利中举，授职荆门教授。

离京赴任之路自是一段心情无比舒畅的旅途，然而第二次逆转就发生在这段路上。那是刘过顺路游合车山的时候，有道士熊若水径自找上门来，说了一番奇怪的话："我擅长符箓，依我观察，与您同行的那位娘子恐怕并非人类，不知道你们是在何处结识的？"

刘过大惊，如实告知了麻姑山发生的一切。那道士说道："这就是了！今夜你们同床共枕的时候，我会在门外作法，您只要一听到我的声音，便要紧紧抱住同衾之人，切勿令之脱身。"

我们也许会期待刘过坚守他的爱情，但我们也必须体谅刘过，他毕竟不曾如我们一样熟知许仙与白娘子的传奇，更不曾读过《聊斋志异》里那些有情有义的狐女的故事。当夜他完全依照道士的吩咐去做了，然后唤仆人秉烛入室，见到怀中紧紧抱着的再不是那个连日来与自己情投意合、同床共枕的美姝，却是赫然一张古琴，这才顿悟昔日里"蔡邕博识爨桐声，君背负"的意思。

5.

刘过将那张古琴紧紧缚住，无论昼与夜，无论眠与食，无一刻不亲自抱持在怀里。待再至麻姑山的时候，辛苦打探这古琴的身世，终于有人告诉他说："曾经有赵知军携带一张古琴从这里经过，虽然一路上珍爱倍加，却不慎将琴身误触崖壁，以至于破损而无法修补。赵知军将其郑重埋在官厅西偏，你这张琴应该就是赵知军的旧物吧。”

刘过依言寻到赵知军葬琴之地，发掘之下只余一把空匣。刘过便将贴身带了一路的古琴置于匣内，请道众焚香诵经，然后一边哭着，一边连琴带匣投入了火焰，一场奇异而瑰美的恋爱就这样在悲伤中了结。

当然，这故事也许全出于好事者的虚构，但人们之所以宁愿将它编排在刘过身上，而不是辛弃疾或苏轼什么人的身上，是因为刘过确实有这样的气质，或者说有这样的气场，在倜傥不群中带一点超然于现实世界之外的不可捉摸的神秘感。

6.

爱情只是刘过一生中的小小插曲，时人传诵他的词作，多着意于那些慷慨悲歌式的作品。其中最引人共鸣的是一首《唐多令》，因词中有“二十年重过南楼”一句，南宋填词名家周密径改词牌为《南楼令》。《唐多令》原是个生僻的词牌，在刘过之后，用这个词牌的人便多了起来。然而今天读这首词，却不易理解它在宋代引起轰动的缘由了：

芦叶满汀洲，寒沙带浅流。

二十年重过南楼。

柳下系舟犹未稳，能几日、又中秋。

黄鹤断矶头，故人今在不[①]。

旧江山浑是新愁。

欲买桂花同载酒，终不似、少年游。

据词前小序，刘过与友人会聚于武昌黄鹄山上之安远楼（又名南楼），一位黄姓歌女向刘过乞词，刘过即席写的这首《唐多令》，充满无限抚今追昔的伤怀。

二十年前，南楼刚刚落成不久，刘过辞家赴考，途中登临，与友人痛饮狂歌，度过一段极潇洒的岁月，而今年华如逝水，词人依旧功名无着，只落得壮气蒿莱，而时局已是韩侂胄的天下，一场轻率的北伐即将开始。每一位有识之士都能预见国运将在数年中迅速凋败，却任谁也只有眼睁睁看着这一悲剧结局如山雨欲来。南楼花满楼，风亦满楼，重游者的心情再不似二十年前豪壮。书剑老于风尘，英雄比美人更易迟暮。

①不：同“否”，在《平水韵》里属下平声十一尤部，读作 fǒu。

7.

不难想见，同时代的大词人中最能欣赏刘过这等人物的，非辛弃疾莫属。实情确乎如此，辛弃疾帅越之时，派人宴请这位闻名已久的湖海豪士，无奈刘过因杂务耽搁下来，没法立即动身，便仿效辛弃疾的词风填了一阕《沁园春》，请使者带走。这首词填得堪称前无古人，却又将辛弃疾的腔调模仿得惟妙惟肖。辛弃疾越发想见刘过，再派使者携重金往聘，简直硬生生将刘过架了回来。

这一首《沁园春》，是刘过向辛弃疾致歉，并解释自己为何被耽搁了下来：不为旁的，只是白居易、林和靖、苏东坡这三位古人强邀自己迟留宴饮罢了：

斗酒彘肩，风雨渡江，岂不快哉。

被香山居士，约林和靖，与坡仙老，驾勒吾回。

坡谓西湖，正如西子，浓抹淡妆临镜台。

二公者，皆掉头不顾，只管衔杯。

白云天竺去来。图画里、峥嵘楼观开。

爱东西双涧，纵横水绕，两峰南北，高下云堆。

逋曰不然，暗香浮动，争似孤山先探梅。

须晴去，访稼轩未晚，且此徘徊。

开篇便说自己若能赴辛弃疾之邀，与辛府豪杰同饮，当是何等快事，不料自己正在准备车马的时候，白居易、林和靖、苏东坡却劝我多在杭州逗留些时日——这三位古人选得俱妙，白苏二人皆做过杭州长官，林则是后半生尽在西湖孤山不出的隐士。三人挽留的理由出自各自的成名诗句，对话间亦各有活灵活现的神情、态度。最妙的是，这种纵横捭阖的破格写法原是辛弃疾的招牌。

刘过这样的做法其实暗合于今日心理学的技巧：若你想在初次会面中迅速赢得陌生人的好感，最简便的办法莫过于在对方无所察觉间暗暗模仿他的语言和动作特点，他若讲话迟缓，你也不妨讲迟缓些；他若语速快，你也不妨语速快些。刘过的做法更高明些，使辛弃疾不但找到了被恭维的快感，还会生出几分惺惺相惜。

于是两人的会面成为一场极为愉快的英雄之会，虽然身份和辈分有别，但礼教岂是为他们这样的人杰而设的呢？离别之际，辛弃疾以千缗之资厚赠刘过，嘱他以此作为购置田产的费用。但刘过哪里会有求田问舍的小市民趣味呢，转眼之间便将这份厚礼“呼儿将出换美酒”了。

8.

为了刘过，辛弃疾甚至不惜滥用了一次公权力。

那是辛弃疾帅淮之时，刘过因听说母亲病发，不得不打点起单薄的行囊，向好友辞行。临行前夕，辛弃疾与刘过微服登倡楼妓院，准备最后一次痛饮狂歌，恰逢一名吏员正在那里饮酒作乐。这等人物作威作福惯了，更习惯只看衣裳不看人，竟然命令左右将顶头上司及其贵客逐出楼外。辛弃疾和刘过大笑而归，不觉得恼怒，只觉得滑稽。

但辛弃疾又岂是好相与的？当夜回府之后，立即以公务为由宣召那名吏员，而当然是宣召不来的，这就可以名正言顺地定个罪名了。当那名吏员得知自己将被籍没家产、流放边疆的时候，才明白那场夜宴的代价实在过于高昂了些。

这个可怜人多方请托，但数十人连番公关的人海攻势只以碰壁收场。幸而他终于想通了问题的关键，于是拿出五千缗巨资为刘过的母亲贺寿。辛弃疾这才松了口，拿出讨价还价的姿态，要他加到十万缗才行。吏员哪敢有半点迟疑，当下筹集了足足十万缗，而辛弃疾这时也已为刘过备好了舟船，叮嘱刘过道：“你可以立即启程了，只是可不要再像平日一般挥金如土啊！”

当然，这劝告终未奏效。刘过若是会打算盘，便也不是刘过了。世事无两全，一个格局恢宏的人，注定不会精打细算。

The Stories of the Great Lyricists
in Song Dynasty

词的罗生门

关键词：

玉堂

警句：

问玉堂何似、茅舍疏篱。

1.

古代官场有所谓丁忧制度，官员凡遇父母之丧，需要暂辞公务，回家守孝三年（实为二十七个月），守孝期满之后再回朝复职。圣朝以孝道治天下，奉行丁忧制度正是统治阶层向下民做的一种表率。但是，官场上永远都是翻云覆雨、尔虞我诈，三年时光里不知会发生多少变故。也许当初的死对头现在已经手握大权，也许盟友们早已经风流云散，也许少年后进早就取代了自己的地位……总之，在丁忧期满的时候，对一切可能发生的变故都要做好十足的心理准备才行。

宋徽宗政和年间，当李邴丁忧期满，从山东老家回朝续职的时候，发现自己陷入了一种莫名诡异的气氛：满朝同僚似乎都在刻意躲避着自己，谁也不愿意和自己聊聊天、叙叙旧。李邴怅然无计，不知道朝中到底是个什么情况。正在狐疑之际，忽然有首相王黼的家丁邀他到东阁赴宴。

每个读过《水浒传》的少年都应当记得王黼这个名字，他和蔡京、高俅同党，助纣为虐地将英雄好汉们逼上梁山。历史上的王黼也确实是这副嘴脸，以至于名列“六奸”之一，被万人唾骂。当然，那是以后的事情，此时的王黼新任首相，权倾朝野，没人敢说他什么不是。

李邴带着一颗忐忑之心如约赴宴，没想到这宴会规格极高，王黼尽出家姬数十人载歌载舞，每一人都是天下绝色。更重要的是，在这样一个场面里，王黼竟然将李邴请至上座，这简直令后者既感到受宠若惊，又积起满腹狐疑。

2.

李邴的狐疑绝对是有道理的。官场规则向来是欺老不欺少，自己分明已是个过气人物，哪值得当朝宰相这般对待呢？李邴简直有点如坐针毡了，笑也笑不舒展，酒也喝不踏实。而就在这个时候，那数十名绝色家姬忽然合唱了一阕《汉宫春》，以这般盛大的排场向李邴敬酒：

潇洒江梅，向竹梢疏处，横两三枝。

东君也不爱惜，雪压霜欺。

无情燕子，怕春寒、轻失花期。

却是有，年年塞雁，归来曾见开时。

清浅小溪如练，问玉堂何似、茅舍疏篱。

伤心故人去后，冷落新诗。

微云淡月，对孤芳、分付他谁。

空自倚，清香未减，风流不在人知。

李邴听得恍惚，这首词不正是自己年轻时的成名之作吗？曾经风传都下，而今已多年不曾听人唱起。这首词也像自己这个人一样，都是过气的东西了。词为咏梅，自己也与梅花一样落得个“雪压霜欺”的境地。但此时此刻，在这样的环境里，听这首词以这样的方式被重新唱起，真有了然于心的千言万语啊。李邴终于可以安下心来开怀畅饮了，而就在他大醉而归的数日之后，朝廷最新的任命便颁布下来。李邴从此顺风顺水，不到几年时间便升为翰林学士。翰林院时称玉堂，正应了“问玉堂何似、茅舍疏篱”一句。

此事载于《玉照新志》，给我们留下深刻印象的倒不是李邴，而是为人手段如此高明的王黼。大奸大恶之人从来都是有人事上的大本领的，而权力场上唯一重要的能力无非也就是人事能力。

3.

《苕溪渔隐丛话》给出了故事的另外版本：这首《汉宫春》并非李邴之作，而是晁冲之写来献给蔡攸的。当时朝廷刚刚筹划大晟府，所谓大晟府，相当于汉代的乐府，掌管皇家乐律。儒家认为礼乐是为政之大经，音乐是关乎国家治乱的大事，绝不可当作简单的文化娱乐来看。所以大晟府的长官既要有过人的音乐才华，也要有深厚的儒学素养。

或许晁冲之自信是这一岗位的不二人选，于是以一阕《汉宫春》来向当权者证明自己的实力。蔡攸也确实慧眼识人，当即便将词作呈献给父亲——北宋最大的奸臣蔡京，说“今日于乐府中得一人”。蔡京有着与其奸佞程度相称的文学素养，览其词而大喜，当即授予晁冲之大晟府丞的职位。

这大约是蔡京、蔡攸父子流传下来的唯一一则佳话，简直令所有熟悉宋史的人都不敢相信。这对父子比明代的严嵩、严世藩有过之而无不及，最传神的一则逸事是说，蔡京某日正在府中会客，蔡攸急匆匆闯了进来，握住父亲的手细细诊脉，然后假惺惺地关切道：“父亲脉象虚弱，可是身体不适吗？”蔡京才一摇头，蔡攸便立即道：“那就好，我在宫中还有要事，要马上赶过去。”说罢便如来时一样急匆匆地走了。客人将一切看在眼里，以为蔡攸真是很关心父亲的身体，蔡京却道：“这孩子是要找借口逼我离职啊！”过不多久，宋徽宗果然下诏，令蔡京致仕，同时为蔡攸加官晋爵。父子之间争权夺利到这种程度，看来奸臣家也有奸臣家的苦恼啊。

于是在蔡氏父子的政治生涯里，仅仅因为才华而共同赏识、提拔了非亲非故的晁冲之，这也许会成为他们临终之前最温馨的一段回忆吧？但以知人论世的角度，这故事怎么看都不像真的。所以，大诗人陆游又给出了故事的第三个版本。

4.

据陆游讲，《汉宫春》确实是晁冲之写的，但不是写给蔡攸，而是为王观赠别所作。

王观是王安石的门生，以过人的文采蒙宋神宗赏识，被提拔为翰林学士。今日通常的宋词选本都会收录王观的一首《卜算子》，这是一首送别友人的名篇：

水是眼波横，山是眉峰聚。

欲问行人去那边，眉眼盈盈处。

才始送春归，又送君归去。

若到江南赶上春，千万和春住。

王观因为文采受知，也因为文采受祸。那时他在翰林院值夜班，适逢有一名宫娥得幸，皇帝兴致正佳，命王观填词以咏其事。这样的词，叫作应制作品，通常都是阿谀之语，虽然不会为时代珍视，却往往可以成为晋身之阶。王观认认真真地写了一首《清平乐》，极尽渲染君王宠幸新人的情致：

黄金殿里，烛影双龙戏。

劝得官家真个醉，进酒犹呼万岁。

折旋舞彻伊州，君恩与整搔头。

一夜御前宣住，六宫多少人愁。

这首小词写得既香艳，又诙谐，煞尾最着力，说那名宫娥今夜被皇帝宠幸，六宫多少佳丽都为此妒忌成愁。其实该发愁的正是王观自己，第二天一早，宣仁太后便听说了事情的全部经过，愤愤找来宰相说："哪有馆阁儒臣为皇帝写淫词艳曲的？！"君子有絜矩之道，王观的这番做法确实要算作文人无行了。是故言悖而出者亦悖而入，圣哲的教诲这一次结结实实地应验在王观头上。

5.

北宋一朝，宣仁太后始终都是王安石变法最坚定的反对者，正是她在垂帘听政期间尽废新法，而启用司马光等保守派的。王观作为王安石的门生，早已被宣仁太后视作眼中钉，这回有了由头，便不容分说地将他逐出朝廷。王观从此自号逐客，正如柳永自称奉旨填词一样，以貌似逆来顺受的姿态隐隐表达心中的不满。

当放逐已成定局，翰林院的同僚们相约于某日为王观践行。官场上最见得世态炎凉，以利合者以利分，同僚在这种时刻只要不是落井下石就已经算是十分厚道了，于是到了践行的时候，真正到场的只有晁冲之一人而已。

文人送别，例有诗词。晁冲之为王观所作的正是那一首《汉宫春》，词中所谓“问玉堂何似、茅舍疏篱”，玉堂即是翰院，这是在宽慰王观，说朝廷翰院的生活又哪里比得上乡野闲居逍遥自在呢?

一首《汉宫春》，三个故事版本，究竟孰是孰非？久远的往事难以考索，不如选一个自己愿意去相信的版本好了。对我而言，最后一个版本最符合晁冲之的一贯为人，也最美好，最有文人雅趣，所以若执意要问我的意见，我宁愿相信这首词就是晁冲之为王观而作的。

◇◇

晁冲之名字考

晁冲之，字叔用。“之”是虚字，“叔”表示排行，所以晁冲之的名与字里有实际意义的是名里的“冲”和字里的“用”。这两个字出自《老子》的一句话：“道冲，而用之或不盈”，意思是说：道虽是虚空的，作用却无穷无尽。“冲”，古字是“盅”，表示器皿里未盛东西时空的状态。

邢俊臣

The Stories of the Great Lyricists
in Song Dynasty

妙用唐诗

关键词：
滑稽

警句：
吟安一个字，捻断数茎髭。

1.

宋代词坛中很有一些另类的奇才，譬如邢俊臣。

纯以文学造诣论，邢俊臣远远算不上名家，但他一身独到的本领就连苏轼、辛弃疾这等旷世高手也难以望其项背。以至于时人深叹：他也算是个极有才华的人，只可惜全部力气都用在玩笑上了。

邢俊臣是汴京的一个市井子弟，生性诙谐，很有急才，以此成为皇宫中的弄臣，有一身哄皇帝开心的好本领。在那个词风极盛的时代里，邢俊臣以擅作《临江仙》扬名胜场。《临江仙》本是文士们常用的词牌，但邢版《临江仙》与众不同，永远都有一个招牌式的印记：末尾两句必用唐人诗句收束，达到一种抖包袱的效果。

宋徽宗朝，举国运转花石纲，不远千里将南方奇石运到汴京，装点艮岳园林。这段史事今人并不陌生，因为《水浒传》正是在这样一个背景下展开情节的。花石纲中的大石被称为神运石，无论能不能真给皇帝带来神仙运道，至少那惊人的体量真的需要神仙来运输才行。负责置办花石纲的官员本着人定胜天的精神，以数十艘大船相连，勉强负载起一块神运石，经运河水路直抵汴京。

如此壮观的场面振奋了宋徽宗那颗艺术家的心，他命邢俊臣填一首《临江仙》助兴，限押“高”字韵。限韵是一种增加创作难度的做法，高手非如此玩则不能尽兴。

邢俊臣七步成诗的本领最能在这种命题、限韵、限词牌、限时间的苛刻条件下发挥得淋漓尽致，一首《临江仙》脱口而成，煞尾处是全篇精华：“巍峨万丈与天高。物轻人意重，千里送鹅毛。”

2.

“物轻人意重，千里送鹅毛”，今天一般说成“礼轻情意重，千里送鹅毛”，这原是唐诗里的句子。唐朝贞观年间，回纥使者缅伯高赴长安朝觐，随行带着大量的礼物，其中最贵重、也最让人劳神费心的，是一只珍稀的白天鹅。千里万里，一路要照料一只会飞的活物，还要伺候得它精气神俱佳，这真不是一份轻松愉快的工作。终于因看守的一次疏忽，被囚的天鹅成功回归了大自然。这件会让千载之后的动物保护主义者额手称庆的好事在当时可把缅伯高惊吓得不轻，他终于在无可奈何之下将天鹅遗落的羽毛上呈唐太宗，附有一首诗坦白自己护宝不善的罪行。

作为一名回纥人，缅伯高的汉诗就算写得相当不错了，其中“物轻人意重，千里送鹅毛”的句子便流传了下来，邢俊臣借用的唐诗正是缅伯高这成名的两句。假如宋徽宗在艺术与修道之外能够稍用一点头脑的话，就能听出邢俊臣词句里讽谏的意味。但是兴致高涨的宋徽宗听什么都是悦耳的，他似乎存心要刁难一下这个词坛弄臣，命其再为一株南陈桧柏填词一首，限“陈”字韵。

这株南陈古桧高五六丈，树围九尺，千里转运至汴京，无论技术难度还是人力物力的耗费，都不亚于那块神运石。邢俊臣再赋《临江仙》，这一次的结尾是：“远来犹自忆梁陈。江南无好物，聊赠一枝春。”

“江南无好物，聊赠一枝春”，这是陆凯写给范晔的诗句。陆凯当时在江南，恰逢有使者即将北行，便托他带一枝梅花给北方的友人范晔，并附诗一首：“折梅逢驿使，寄与陇头人。江南无所有，聊赠一枝春。”邢俊臣移花接木，以一枝梅花的轻盈反衬那硕大无朋的古桧，而那句“远来犹自忆梁陈”更警醒宋徽宗要记得梁朝、陈朝荒淫亡国的教训。当然，宋徽宗只顾欣赏邢俊臣才思的敏捷与诙谐，对任何更深刻的用意都不加理会，这也算是一种帝王的气量吧。

但是，帝王受得起玩笑，帝王身边的人却未必也受得起玩笑，比如大宦官梁师成。

3.

梁师成堪称宋代的魏忠贤，名列“六奸”之一。不过，梁师成做过一件貌似很得人心的事情，那就是勇于为苏轼平反。

自王安石变法以来，新旧党争一直持续了许久，你方唱罢我登场，每每兴起翻云覆雨的事情。北宋头号大奸臣蔡京原本投靠王安石一党，在得势之后旧案重翻，镌刻《元祐党人碑》，清算旧党的政治遗产。苏轼的名字就刻在党人碑上，并且诗文被禁，书版被烧，关于这一代文宗的任何字眼都变成了新政时代的敏感词。终于站出一个人敢于为苏轼说话，他就是宋徽宗亲信的宦官梁师成。

当然，梁师成绝对是有私心的，他自称是苏轼的私生子。北宋“六奸”，童贯自称是名将韩琦的遗腹子，梁师成自称是苏轼的私生子，堪称徽宗朝最无廉耻的两道风景线。但梁师成居然也“遗传”到苏轼的文学基因，工书擅诗，至少在宦官当中是当之无愧的文艺第一人。

若问梁师成的书法究竟好到何种程度，宋徽宗本人就是历代公认的书法大师，以一手前无古人、后无来者的瘦金书留名中国书法史，而梁师成可以惟妙惟肖地模仿宋徽宗的书法，在徽宗懈怠朝政的时候，梁师成往往冒充徽宗的字体签署诏书，无人可以分辨。在后世奸佞的类似事迹里，和珅模仿乾隆帝的书法堪称一绝，但距离梁师成的境界还有很远。

但梁师成最自负的不是书法，而是诗文造诣。梁师成的诗作在今天早已不为人知，但当时至少很得宋徽宗的赏识。某次梁师成进献新诗，徽宗叹赏之余，让恰好在一旁的邢俊臣填词，词的主题是赞美梁师成的诗句之美，限押“诗”字韵。

任何稍以节操自矜的文人面对这种局面时定会觉得笔杆有千钧之重，而邢俊臣毫不介意，口占一阕《临江仙》，结尾画龙点睛：“用心勤苦是新诗。吟安一个字，捻断数茎髭。”

4.

“吟安一个字，捻断数茎髭”，这一句来自唐代诗人卢延让的《苦吟》，原诗自述作诗的辛苦：“莫话诗中事，诗中难更无。吟安一个字，捻断数茎须……”这是说诗人在构思的时候，为了一个字的推敲，不知不觉便捻断了好几根胡须。只是为了照顾韵脚，邢俊臣改“须”为“髭”，意思毫无变化。

这两句唐诗化用得妙至毫巅，当即惹得宋徽宗失声大笑。梁师成本是宦官，哪里有胡须可捻呢？当然，梁师成胡须没有，气量更没有，不久之后，他便唆使党羽弹劾邢俊臣泄露宫禁中语，将他放逐到遥远的越州去了。

常人若受了这样一番教训，后半生定会收敛许多，但邢俊臣天生就是为诙谐而生的，不诙谐，毋宁死。越州太守王嶷久仰邢才子大名，兼之天高皇帝远，倒也不怕犯了梁师成的忌讳，对邢俊臣礼遇有加，以莺歌燕舞和美酒佳肴盛情款待。

宋代风气，名士的诗词要借助歌女的婉转歌喉传扬天下，歌女也要借助名士的诗词来抬高自己的身价，所以酒宴上常常会发生歌女向名士乞词的事情。越州歌女也不能免俗，得知邢才子在座，当然不肯放过乞词的良机。邢俊臣为人随和，才思敏捷，自然也不会推托。

然而遗憾的是，越州歌女只注意到邢俊臣为人随和、才思敏捷的一面，却忽略了他生性滑稽，最爱恶作剧的促狭性情。有一名歌女姿容秀美，肌肤莹洁如雪，只是颇有狐臭，邢俊臣赠她的词是这样收尾的："酥胸露出白皑皑。遥知不是雪，为有暗香来。"化用王安石《梅花》诗，将女主角的生理缺陷讥讽得不亦乐乎。另有一名歌女擅长舞蹈，只是体态稍稍丰润了些，邢俊臣赠词道："只愁歌舞罢，化作彩云飞。"

这两句脱自李白《宫中行乐词》，照旧是邢才子招牌式的反讽风格。这样一位才子，应算是两宋词坛上最具花絮效果、亦仅具花絮效果的词人吧。

［附］王齐叟的诙谐

宋代词人中以诙谐知名的还有一位王齐叟。王齐叟是元祐年间副枢密使王岩叟之弟，很有一些才名，更因为有兄长这个强大后盾，为人处世总嫌不甚检点。王齐叟在太原做僚属的时候，卖弄幽默的才调，写了几十阕《望江南》嘲讽府县同僚，才情勃发之际，连顶头上司也一并捎带进去了。

上司暴怒，当众责备这个轻薄子道："你写这些《望江南》，难道是倚仗着兄长贵显，以为本官不能惩治你不成？！"王齐叟连忙施礼，毕恭毕敬地作答道：

居下位，只恐被人谗。

昨日只吟《青玉案》，几时曾作《望江南》？

请问马都监。

王齐叟声辩自己不曾写过《望江南》，这答语却信手拈来用到《望江南》的词牌。上司不觉失笑，同僚们也窃笑不止，只有那位马都监张皇地站出来说道："我哪里知道你做了什么，你不能这样栽诬我啊！"王齐叟从容答道："莫慌，莫慌，我只是借你的名号来凑韵脚罢了。"

这句回答更博得哄堂大笑，惩治之事也就这样不了了之了。

司马槱

The Stories of the Great Lyricists
in Song Dynasty

遇仙

关键词：

苏小小

警句：

望断行云无觅处，梦回明月生南浦。

1.

司马槱的一生仕宦得益于两位前辈名人，一是司马光，二是苏轼。

司马光是司马槱的从祖父，家荫所及，就算没有直接的好处，也为他铺就了绝佳的人脉；苏轼恰恰就是这人脉中的一环，正是有了他的推荐，司马槱才会科举高中，最后做到了杭州的地方长官。

杭州自古是个极浪漫的所在。宋代文人出知的地方，以杭州为第一妙选。但司马槱的仕途是从关中开始的，当时他刚刚制举中第，赴任关中，满怀着初生牛犊必有的梦想。那山一程、水一程的古代旅途虽然辛苦，却有太多今日的飞机、火车之旅所无缘领略的风情，年轻的司马槱就这样在山山水水中倦怠了、迷醉了，歇脚的时候竟生出一场美丽的白日梦来。

恍惚中他看见一名绝色女子一身古代的妆容，走近前来，没有一句寒暄，径自执板而歌，那歌声是：

妾本钱塘江上住。

花落花开，不管流年度。

燕子衔将春色去，纱窗几阵黄梅雨。

歌方唱罢，女子便飘然远去，更不多说一个字。司马槱从恍惚中醒来，怅然若失。细细回味方才的邂逅，终不知那女子是谁，亦不知她为何而来，而那歌曲与歌喉一般的美，却又觉得意犹未尽。司马槱迟疑间，落笔续成下阕：

斜插犀梳云半吐。

檀板轻敲，唱彻《黄金缕》。

望断行云无觅处，梦回明月生南浦。

事如春梦无痕，司马槱只好按捺下那颗疑真疑幻的心，继续他的仕途去了。后来因为苏轼的关系，司马槱转任杭州，在任上偶然听人说起，他所住的官舍之下乃是钱塘名妓苏小小的坟墓。司马槱不禁恍然：那个唱着“妾本钱塘江上住”的女子岂不正是向自己倾吐着身世与乡情的苏小小！世人传说当年她以歌扇风流风靡南齐，难道魂魄历沧海桑田而仍未散去?

也许是从此相思成疾，也许是这隔世的才子与佳人有什么前生孽缘，总之司马槱就在杭州流连不去，在貌似寂寞实则不为人知的欢愉中死在任所。

2.

故事还有第二个版本：司马槱与苏小小的梦中相会不是在关中道上，而是在他洛阳的家里。他非但听她唱那首词，他们之间还有过一些简短的对话。他问她所唱者为何，她答说是《黄金缕》。

此情此景之下，这样一个簇新的词牌名难免不会令人想入非非。它的出处应当是唐代流行诗歌《金缕衣》吧，那是唐宪宗元和年间，美丽的杜秋娘常常在镇海节度使李锜的宴会上歌唱此曲："劝君莫惜金缕衣，劝君惜取少年时。花开堪折直须折，莫待无花空折枝。"司马槱该如何惜取他的少年时光呢，该如何珍惜这一点突如其来的盎然春意呢?

她说她"妾本钱塘江上住"，她说与司马槱"日后相见于钱塘江上"。司马槱却狐疑着，自己可真的有机会去往钱塘吗?

仕宦漂泊永远身不由己，但因为苏轼的举荐，司马槱真的到杭州为官了。他一路乘舟东下，经过钱塘，念及往昔的梦中邂逅，凄恻不已，于是以词寄意，写下一阕《河传》：

银河漾漾。正桐飞露井，寒生斗帐。

芳草梦惊，人忆高唐惆怅。

感离愁，甚情况。

春风二月桃花浪。扁舟征棹，又过吴江上。

人去雁回，千里风云相望。

倚江楼，倍凄怆。

司马槱在舟中反复唱着这阕《河传》，若有所失。词中“人忆高唐惆怅”是用到楚襄王与巫山神女相会的典故，自己身上所发生的岂非这古老故事的重演。当年宋玉在《高唐赋》里是这样讲的。那一天他陪同楚襄王嬉游于云梦之泽，望见高唐之观上笼罩着特殊的云气，楚襄王甚觉怪异，他解释道：“这就是所谓的朝云。当年我们楚国的先王也曾来高唐游玩，在倦怠中小憩，白日入梦，梦见一名女子自称巫山之女，自荐枕席。女子告别的时候，说自己住在巫山之阳，高丘之阻，旦为朝云，暮为行雨。朝朝暮暮，阳台之下。先王在第二天清早向山上望去，果然见到一种奇特的云气。先王叹惋再三，便为那女子立庙设祭，称她为朝云。”

后来司马槱到任，发现自己官舍之后就是唐人为苏小小所立的坟茔，前世今生的感动刹那间涌上心头，不到一年时间便一病不起了。司马槱的坐船一直在河塘边上寂寞地停泊着，某天船夫猛然看到司马槱携着一名丽人谈笑登舟。正错愕之间，船尾忽起大火，转眼间火焰便吞噬了全船。船夫忙不迭地奔回府衙报信，才到门口，正听到房间里传来一片哭声，却是司马槱刚刚在病床上去世。

韩嘉彦

The Stories of the Great Lyricists
in Song Dynasty

驸马与公主的爱情争吵

关键词：
李师师

警句：
问琅玕、东风泪零多少。

1.

在男权社会里，驸马从来都是最难做的。尽管在外人面前可以风光无限，而一旦回到家里，面对一个万万得罪不起的妻子，真不知该以怎样的心态应对。平常小夫妻简简单单的拌嘴，放到驸马和公主身上，又不知会被搞成多大的阵仗呢。

韩嘉彦，名臣韩琦之子，迎娶宋神宗的女儿曹国长公主为妻，拜左卫将军、驸马都尉，一时间成为人人艳羡的对象。韩嘉彦其人丰神俊朗，豪气干云，很有一派丈夫气概，偏偏不是做小男人的坯子。而公主自然是最有公主病的，偏偏又最有患公主病的资格。于是这一对小夫妻虽然一个是阆苑仙葩，一个是美玉无瑕，虽然也有平凡小夫妻的如胶似漆，却会因为一点点的口角而闹到不可收拾的地步。

公主有皇帝撑腰，悍然将“直言犯上”的驸马逐出京城，安置邓州。随着日升月替，驸马与公主亦如任何一对平凡小夫妻一样，开始在纠结中彼此思念，却谁也不肯率先开口服软。古往今来，人类的行为模式永远都是这样，不分贫富贵贱，这简直会令人对世界感觉乏味了。

当然，也总会有人先按捺不住，伸出那个其实无伤大雅的橄榄枝，而在今天的爱情准绳里，人们总是认为该由男方来充当这个角色。男人总该大度，女人总该倍受娇宠，这是大自然赋予人类的性别角色，顺应它总比抗拒它更为合理。

2.

第二年开春，京城里忽然盛传起一阕《玉漏迟》。人们爱极它词句中百转千回的柔情似水，便总是唱了再唱，只是从不晓得作者是谁：

杏香消散尽，须知自昔，都门春早。

燕子来时，绣陌乱铺芳草。

蕙圃妖桃过雨，弄笑脸、红筛碧沼。

深院悄，绿杨巷陌，莺声争巧。

蚤是赋得多情，更遇酒临花，镇辜欢笑。

数曲阑干，故国漫劳凝眺。

汉[①]外微云尽处，乱峰锁、一竿修竹。

间琅玕[②]，东风泪零多少。

这首词吟咏春光，而在春光里隐约藏着关乎爱情的字眼，每一句花草间的春意似乎亦是人心里的春意。譬如那句“惠圃妖桃过雨，弄笑脸、红筛碧沼”，桃花何谓“妖桃”，便令人想起《诗经·桃夭》的新婚意象，“妖桃”为何会“弄笑脸”，因为“妖”与“夭”相通，意思是女子的笑容。桃花绽开，最似女子的笑容，故而人们很早便已用“夭”来形容桃花了。也因为同样的缘故，“笑”这个字原本是写作“芺”的，用以形容花枝招展的样子，后来南唐时的字典编纂者误将其编入“竹”部，也就沿用了下来。

辞章传唱都下的时候，正值教池刚刚开凿完毕，豪贵人家又多了一处游赏踏青的佳处。公主出游教池，在风月无边中总一副恹恹然若有所思的样子。不知不觉中酒宴已经摆开，京城最当红的歌伎李师师亲为公主唱曲侑觞。她唱的正是那首风靡一时的《玉漏迟》，声韵凄婉，正是一切满怀心事的人最禁不起的歌声。

①汉：银汉，银河。

②琅玕（lánggān）：竹子的美称。

3.

当公主听李师师讲起这首词的作者竟是自己丈夫的时候，郁积太久的思念便再也收拾不住了。我们或许会以为，她应当晓得无论是丈夫的这首词抑或李师师的这次唱，骤然出现在自己的身边，有多大的可能会是巧合？她应当听得出丈夫的心意，她应当知道他们最应该做的事情其实就是团聚。

但公主的倨傲毕竟不是小家碧玉可以相比的。丈夫毕竟不曾把话挑明，自己又怎能这样轻易地原谅他呢？一边是小女人的思念，一边是长公主的脸面，在她的心底深处兵戎相见。她为此卧病不起，没有第二个人可以医治她的心疾。

事情的结局幸而是美好的：皇帝担忧公主的身体，以天子的圣明洞察了这一起清官难断的家务事，于是派遣使者，急速召驸马返京。童话结尾的陈词滥调用在这里最是恰如其分：驸马与公主从此过上了幸福快乐的生活。

向滈

The Stories of the Great Lyricists in Song Dynasty

贫贱夫妻百事哀

关键词：

离合

警句：

人情甚似吴江冷，世路真如蜀道难。

1.

向滈夫妻的故事是韩嘉彦与公主故事的贫贱版。向滈才调绝高，很有些多愁善感的文艺气质。他的词作里有一首《长相思》在今天依然有些名气：

行相思，坐相思。

两处相思各自知。

相思更为谁。

朝相思，暮相思。

一日相思十二时。

相思无尽期。

向滈的词大多都是这样的风格，以词风推想为人，假如他有韩嘉彦那样的家世，想来一定能把公主哄得开心。但向滈关于身世的诗句是“人情甚似吴江冷，世路真如蜀道难”，人情之所以于他这样冷，世路之所以于他这样难，只是因为他的家境太过贫寒罢了。

人们或许相信向滈是一支潜力股，毕竟他有出众的才华，总不难博取一番功名利禄。但向滈的才华仿佛天生与功名是一对冤家，纵使他真的相信“是金子总会发光”的道理，但一次次的失败也终于让他明白：自己这块金子也许非要到几百年后或者非要在小小的、无关功名的文学世界里才能真正发光。而迫在眉睫的问题是：即便他自己可以耐得住寂寞，守得住清贫，家人会不会终有一天丧失了最后的一点耐心呢?

2.

向滈的岳父终于失去耐心了。当初他把女儿嫁给向滈的时候，一定也是从向滈的才华上看到了女儿未来的锦衣玉食吧？虽说功名并不尽凭人意，但这场婚姻已经在贫贱中熬过了十一个年头，熬到连十一年前尚能看到的一点希望都彻底看不到了。本着对女儿的未来生活认真负责的精神，岳父大人强硬地接回了女儿，为她另外安排了一门亲事。向滈听任妻子的离去，连一点挽留的意思都没有表示。男人若活到了这个地步，也许真的无力再开口说些什么了吧。

生计无着，妻离子散，这该是男人最悲苦的境况了。向滈哪还剩得挽留妻子的勇气呢，只是用自己那百无一用的才华填了一阕《卜算子》，在临别时悄悄放进了妻子的行装里：

休逞一灵心，争甚闲言语。

十一年间并枕时，没个牵情处。

四岁学言儿，七岁娇痴女。

说与旁人也断肠，你自思量取。

这首词无半点文学辞藻，仿佛只是夫妻闲话一般，就算是不相干的人，读起来也太容易鼻酸。当向滈的妻子终于从行囊里翻出这一份挽留语的时候，再不顾父亲的安排，再不顾家里的穷苦，再不顾丈夫的窝囊，决然归去，从此与向滈偕老。人生只因为有感情，便可以将太多东西看淡。

◇◇

向滈名字考

向滈，字丰之。“滈”通“镐”，“丰滈”即“丰镐”，即周代初年建设的丰京与镐京。周代初年，丰京是祭祀中心，镐京是行政中心。孔子一生致力于恢复周礼，丰镐时代正是周礼初行的时代，所以后人以丰镐代指周礼之源，或者说是儒学之源。

聂胜琼

The Stories of the Great Lyricists
in Song Dynasty

完美的第三者

关键词：
第三者

警句：
枕前泪共阶前雨，隔个窗儿滴到明。

1.

男人的世界与女人的世界总有太大的差别。谚语形容男人间的情谊，有所谓“兄弟同心，其利断金”，形容女人间的关系，却变作“三个女人一台戏”了。女人的友情脆弱得如同秋末风中的芦苇，而在爱情关系里，女人的无望从来都是起自另一个女人。

偏偏古代的男权世界是要求三妻四妾的，妻妾如何和谐共处遂成为男人们最纠结的一个政治议题。是的，是政治议题没错。儒家《诗经》之学，从一开篇便浓墨重彩地阐述“后妃之德”，以不厌其烦的精神将一篇篇美丽的诗歌曲解为女人在婚姻关系中的行为守则。《中庸》有言：“君子之道，造端乎夫妇；及其至也，察乎天地。”古代圣贤一点也不觉得这是什么小题大做的事情，毕竟家齐才能国治，国治才能天下平。倘若君子之家妻妾不和，这对世道人心的败坏作用简直是不可估量的。

早在周代，男人为了解决这个问题而发明了一种奇特的婚姻制度：娶妻的时候要连带妻子的妹妹们一起迎娶进来，如果妹妹太少，侄女也是可以的，人们并不觉得这有什么乱伦之嫌。所以，这既满足了男人占有更多异性的需求，三妻四妾之间也大可以和平共处，彼此帮衬，不至于闹到水火不容的地步。

孔子毕生致力于复兴周礼，其实这样的婚姻制度正是周礼的一种，在孔子的时代仍然延续着，只是自秦汉以降，男人花心照旧，男权称霸照旧，这唯一的一点还算“人性化”的制度传统却成为故纸堆里空空被人膜拜的东西了。

2.

那一年李之问辞别妻子，远赴京城公干。宋代的国家干部怎样打发寂寞的出差时光，这即便在今天也绝不是一件难以想象的事情。

倘若连今天的我们都会很轻易地沉迷在宋词的美丽与风雅里边，更何况宋代那些原本就生活在词的世界里的文士呢？那时候的词不是印在纸面上供人宁静地阅读的，而是要到一场场的酒宴上，一座座的歌楼里，听美丽的歌女用婉转的歌喉唱出来的。

才貌双全的歌女总是最能攫住文士的心，而文士同样也是歌女们最为期待的归宿。

这时候的李之问早已在歌楼的风月里无法自拔了，他迷恋上了当时京城里最著名的歌女之一。她叫聂胜琼，她也同样无法自拔地爱上了他。

这样一种爱情注定不会顺遂，更何况李之问的家里还有一位严妻。京城虽好，但他只是过客，不是归人。公务早已办完，妻子早已来信催促，他也早该踏上归程了。这样的结局，应该不是聂胜琼会感到吃惊的。那一天她在莲花楼上为他饯行，为他唱起“无计留君住，奈何无计随君去”的句子。这歌声彻底击垮了李之问离别的勇气，刚刚打点好的行装索性再拆散了吧。

3.

今人的同情心当然会落在李之问妻子的身上。那个远在家乡的无辜女人一定早已从丈夫的迟迟不归中猜到了什么，于是连连寄出催归的信笺。李之问终归是要回去的，聂胜琼也不曾再填新词来拖住他的脚步。

山一程，水一程，李之问恹恹地行了数日，忽然意外地收到了来自京城的书信。那是聂胜琼新填的一阕《鹧鸪天》，她知道自己注定无法挽回什么，但刻骨铭心的相思之痛若不宣泄出来便会毁灭掉自己：

玉惨花愁出凤城[①]，莲花楼下柳青青。

尊前一唱《阳关》[②]曲，别个人人第几程。

寻好梦，梦难成。有谁知我此时情。

枕前泪共阶前雨，隔个窗儿滴到明。

倘若李之问不顾一切地跑回京城，我们无法预料事情会向着怎样的方向发展。但他只做了一个绝大多数男人在同样情况下都会做出的选择：默默地继续走上回家之路，将那一纸《鹧鸪天》悄悄藏在了行囊的角落里边。

4.

戏剧性的场面就这样发生了：李之问抵家之后，也许是收藏不秘，也许是妻子存心搜检，也许是天意弄人，总之这一纸红笺竟然被妻子发现了。铁证如山，李之问无法再做隐瞒，一五一十地交代了“作案

①凤城：代指京城。

②《阳关》：即《阳关三叠》。唐人将王维《送元二使安西》一诗谱入乐府，将末句“西出阳关无故人”反复叠唱，故称《阳关三叠》，为送别歌曲中最著名者。

经过”。

真正令人意外的逆转是，这首不曾令李之问回心转意的《鹧鸪天》竟然深深打动了李之问的妻子，她爱并同情着这个多情而多才的情敌，以至于拿出自己的妆奁之资，要丈夫为聂胜琼赎身，将她娶回家。

宋代歌伎脱籍并不是一件容易的事情，对于聂胜琼而言，脱籍之外竟然还有如许丰厚的福利，幸福简直来得太突然，太汹涌澎湃了些。故事的结尾有着典型的古典风格的美好：聂胜琼嫁给李之问为妾，一入家门便捐弃了做歌伎时所有华丽的梳妆，侍奉李妻以主母之礼，这一男二女从此过上了和谐美满的生活。

有人不可置信在这一场丈夫、妻子与情人的博弈里，竟然所有人都是赢家，也有人认为和谐的结局完全归功于李妻的自我牺牲，她其实是个输家。输输赢赢，一切只如人饮水，冷暖自知，旁观者的感受始终是隔一层的。

5.

妾室或情人以文采赢得正室的怜惜和宽容的，在全部历史上都不多见。但无独有偶，宋代还有一名叫作楚娘的歌伎亦同聂胜琼一般以词改变了命运。

楚娘嫁给林茂叔为妾,不能为正室李氏夫人所容。楚娘遂作词题壁,如迁客骚人一般排遣愁怀。那词是一阕《生查子》:

去年梅雪天,千里人归远。

今岁雪梅天,千里人追怨。

铁石作心肠,铁石刚犹软。

江海比君恩,江海深犹浅。

好的文学总能感人,楚娘不曾想到一时怨恨抒怀的小词竟然打动了李氏,从此欢然示好。

张生

The Stories of the Great Lyricists
in Song Dynasty

雨中花与镜中月

关键词：
失约

警句：
事往人离，还似暮峡归云，陇上流泉。

1.

聂胜琼的爱情，看似横亘着一道最不可逾越的障碍，注定会以悲剧的形式收场，却不料峰回路转，苦尽甘来。然而也有另外一种人生，看似一切顺遂，美满的辰光指日可待，却因为某个极细碎的缘故演变为无法挽回的痛失。

宋哲宗元符年间，饶州一名张姓书生远赴京城，游学于太学圣殿。京城真不是个读书的好地方，张生毫无悬念地追随了李之问前辈的足迹，与东曲歌伎杨六发展出一段如火如荼的恋爱。

张生至今单身，没有远方的严妻束缚他的手脚；无官无职，大可与歌伎恋爱而不受朝廷禁令的约束。倘若他这一年里能够蟾宫折桂，考中进士，也许“洞房花烛夜，金榜题名时”这两件人生喜事大可以一时尽揽，但无奈他在考场上欠了些情场上的运气，不得不打点行囊，回家去准备下一届的考试了。

热恋中的情侣自是难分难舍，杨六执意要随张生而行，张生却胆怯了，不敢冒天下之大不韪。当时的婚姻讲究父母之命，媒妁之言，自己明明是赴京赶考去了，功名无成倒也罢了，若再带一个女人回家，不论能否得到父母的体谅，自己这后半生都无法在家乡立足了。

好事总该多磨，张生决定先独自回家，为婚姻大事做足铺垫。他对恋人郑重承诺，要她等待自己半年，若自己逾盟一日，则任凭她另外从人——这个承诺在我们这些旁观者看来似乎饱藏私心，分明对杨六不利，但我们真的多疑了，他们彼此真诚地爱着，虽然担忧着未来，却不会怀疑半点对方的心意。

2.

我们必须时时记起那是一个既没有飞机、火车，又没有电话、网络的时代，今天以一个手机按键所能做到的事情在当时却要以一整个风餐露宿的季节才能完成，所以自古以来的相思味道已经不太能够被我们设身处地地体会了。

音信悬隔的两地相思最折磨人的青春，患得患失的心情总会将每一天咬啮成一个漫长的世纪。好容易数足了半年的日子，京城里却依然不见张生的踪影。这倒不能怪他，因只偶然而至的父母严命迫使他耽搁了行程。

过了几个月，张生终于急匆匆地赶来了，却发现早已人去楼空。

正在怅然和焦躁间，忽然有人迎上前来探问张生的名姓，原来是出租给杨六房间的业主受那个痴情女子所托，一直在这里等待着张生的到来。那人说道："六娘恨君失约，每天都托我到学舍去打探你的消息，阿母为此不知责打了她多少次。就在三天之前，阿母强行将她卖给了一名洛阳富户，她已经被他带走了。她临行之前涕泣不已，给了我许多金钱，要我不要急着将房间另租，要我继续在这里等你归来，等带你看过她的居室以后再将房间另租出去。"

张生跟随那人走进恋人留下的空房间里，只见小楼奥室，欢馆宛然，几榻仍是当初的样子，似乎仍留有旧主人的香泽与余温。张生感喟而不能自持，到处打探恋人的去向，却已经问不出蛛丝马迹了。

那一年里，京城盛传起一阕《雨中花》，歌声凄婉，每每令听者落泪。那是张生为六娘而写的，那凄美的词句分明是一生的恋情彻底燃烧之后的灰烬：

事往人离，还似暮峡归云，陇上流泉。

奈强分鸾镜，枉断哀弦。

曾记酒阑歌罢，难忘月底花前。

旧携手处，层楼朱户，触目依然。

从来惯向，绣帏罗帐，镇效比翼纹鸳。

谁念我、而今清夜，常是孤眠。

入户不如飞絮，傍怀争及炉烟。

这回休也，一生心事，为尔萦牵。

范仲胤妻

The Stories of the Great Lyricists
in Song Dynasty

相思者的诙谐

关键词：
字谜

警句：
共伊间别几多时，身边少个人儿睡。

1.

才女罕见，有幽默感的才女更是罕见，在爱情相思中仍不失幽默感的才女最是罕见。在宋代才子与才女的爱情故事里，并不是只有苦情戏这一种。

范仲胤远赴相州做官，许久不曾还家，某日收到妻子的书信，竟是一首小词：

西风昨夜穿帘幕，闺院添萧索。

最是梧桐零落，迤逦秋光过却。

人情音信难托，鱼雁成耽搁。

教奴独自守空房，泪珠与灯花共落。

词句是爱是怨，是独守空闺的寂寞，待看词牌，分明是《伊川令》，却被写成了《尹川令》，看来女流之辈虽填得词，到底是易露马脚的。范仲胤便以一阕《行香子》回书，不慰寂寥，却大大开起妻子的玩笑：

顿首起情人，即日恭维问好音。

接得彩笺词一首，堪惊。

题起新词客恨生。

展转意多情，寄与音书不志诚。

不写伊川题尹字，无心。

料想伊家不要人。

词句扮极了夸张的口吻，栽赃妻子虚情假意，故意将“伊”字写作“尹”字，丢掉那个单人旁，定是存心要抛弃自己了。范仲胤也太卖弄幽默了些，范妻若见自己的满纸相思只换回一场玩笑，真不知心里该是什么滋味呢。

2.

我们不知道在等待回信的日子里，范仲胤的心里究竟是怀着对恶作剧得逞的期待呢，还是自己不顾妻子感受的逞才生出了些许懊悔。过不多久，妻子的回信便寄来了，仍是一首小词：

奴启情人勿见罪。

闲将小书作尹字。

情人不解其中意。

共伊间别几多时，身边少个人儿睡。

词义是说：希望你不要怪罪我写错了字，难道你看不出我是故意写错的吗？我和你分别了这么久，身边无人陪伴，岂不正是一个少了人字旁的“伊”字，一个无人陪伴的伊人吗？

真是好别致的表达啊，范仲胤大笑称赏，此事也迅速传为一段佳话。有一位如此多才而聪慧的妻子，范仲胤真的在同僚面前好有面子。只是他究竟有没有因此而回去陪伴这个太值得陪伴、太值得珍惜的妻子，她究竟有没有凭着这份才华与聪慧从官场上赢回她的丈夫，宋人笔记里竟然就不加记载了。似乎记述者不觉得这个尾声有什么值得秉笔书之的必要，这倒让后世的读者不由得生出些许酸楚的感觉啊。

胡铨

The Stories of the Great Lyricists
in Song Dynasty

敢杀秦桧的人

关键词：

《戊午上高宗封事》

警句：

欲驾巾车归去，有豺狼当辙。

1.

宋高宗绍兴八年（1138 年），金国使臣在宋臣王伦的陪同下到达南宋都城临安，即将展开新一轮的宋金和谈。就在前一年里，被囚于金国的宋徽宗和宁德皇后（宋钦宗的生母）先后去世，灵柩能否顺利返还宋境，对于南宋君臣而言既是一个国家感情问题，又是一个事关国体的问题。所以和谈似乎势在必行了。

主动权虽然掌握在金人的手上，宋高宗却并不十分担心，因为自己这边正有精明干练的宰相秦桧主持大局，和平的解决方案总还是可以期许的。只是那些天天如乌鸦一般聒噪的主战派啊，天晓得又会搞出什么乱子？！

倘若我们可以站在金人的角度，一定会感叹这回派出来的两位使臣实在是太有大国荣誉感了。下榻使馆之后，他们并不肯入朝觐见宋高宗，而是要求宋高宗到使馆来跪接诏谕。是的，他们的身份是“江南诏谕使”，是到江南属国发布上国之诏谕的，礼仪上的尊卑问题不容有半点差池。

若站在宋朝士大夫的角度来看，这简直是赤裸裸的挑衅和侮辱。有人愤愤地说:“小孩子是最不懂事的，可如果指着猪狗让小孩子跪拜，就连小孩子也会发怒。金国人就是猪狗，宋人一个个跪拜在猪狗脚下，连小孩子都觉得羞耻，难道皇帝能够忍心如此吗？！”

若有人私下发出这样的议论，分明是上犯天颜，将皇帝骂作猪狗不如，旁人未必有胆量附和，但这番话并非私下议论，而是认认真真写在表章里递交给皇帝看的。这个胆大包天的人就是胡铨，当时他不过是一名低级文官。

2.

胡铨的这份表章慷慨激昂，洋洋洒洒数千言，被称作《戊午上高宗封事》，传为南宋的一篇名文。胡铨写作的时候，想来已经彻底将身家性命置之度外了。文中郑重提议，应当将秦桧、王伦等人斩首示众，扣留金国使者，责以大义，再出堂堂之师渡江北伐，如此则士气人心必将大振。若不能如此的话，自己甘愿投海自尽，也不愿在这个小朝廷里苟且偷生。况且以金人的一贯作风，绝不是跪拜称臣、纳币输捐就可以使他们守信的。

这份奏章写出了太多人的心里话，以至于有同情者将其刊印出来，四处散发。不幸这正好让主和派找到了口实，说胡铨煽动舆论以胁迫朝廷，罪不可赦。秦桧的恼羞成怒是可想而知的，随即将胡铨贬谪广州监管盐仓，数年之后又将他发配到更偏远的新州编管。宋代有不杀士大夫的祖训，通观两宋，只有宋高宗在非常时期杀过两人而已，后来还给予相当程度的平反，所以远贬边荒已经算是极严厉的惩罚了。

这样的结局对于胡铨而言并不十分意外，他从从容容地踏上了光荣的荆棘路，在新州瘴疠之地以履险如夷的心态过起了写诗填词的日子。但官场最不缺的就是落井下石的人，当地郡守张棣时刻留意着胡铨的创作动向，他知道胡铨的词卷里一定藏着自己升官发财的敲门砖。果然过不多久，张棣就如获至宝般地将胡铨的一阕新词献给秦桧，当然，还附上了自己深情款款的批语，很为秦丞相不平。

这首词调寄《好事近》，真是一个太有反讽意味的词牌啊：

富贵本无心，何事故乡轻别。

空使猿惊鹤怨，误薜萝秋月。

囊锥刚要出头来，不道甚时节。

欲驾巾车归去，恐豺狼当辙。

大意是说，自己做官并非为了富贵，无奈因为刚直不阿被远贬荒蛮，这时局容不得正直的人啊；心中虽有思归之念，却无奈豺狼当道，前路不通。豺狼究竟在影射哪个，自然不言而喻。豺狼确实当道，秦桧以睚眦必报的姿态再将胡铨贬到更为偏远的吉阳军去。吉阳军就是今天的海南三亚，但当时的三亚不是旅游胜地，而是士大夫贬官旅途中的天涯海角。

3.

胡铨就这样拖家带口，再次跋涉于瘴疠之地。张棣特地在自己的部下中挑选了一名向来以严苛著称的人负责押解。胡铨一家人一路上所受的虐待可想而知，就连沿途的路人都为之哀伤落泪。

当行至雷州，即将渡海的时候，忽然发生了一番变故：雷州官吏例行搜检，从押解者的行囊里搜出了私茶。照理说官官相护，有官吏借公事发一点私财并不是什么大事，没有人会认真搜检，就算真的搜检出来，也不会有人认真处置。

但这一次雷州太守王彦恭偏偏要认真一回，将押送胡铨的使者通通逮捕起来，以铁面无私的精神将他们按律定罪。使者既然全部被收押入狱，胡铨这干人犯总还是需要有人押送的，于是王太守“不得不”派出自己的下属接替这个差事，当然，还顺带给了胡铨一家人丰厚的馈赠。若不是有王彦恭的襄助，胡铨断断不可能生至吉阳军了。

王彦恭并不是个文化人，素来不为士大夫所重，只因为这一次在胡铨事件中显露出的胆识和智略，从此再没有哪位文士轻看他。秦桧一党纵然权倾天下，但在那个宣传技术尚不发达的年代，他们毕竟还没有办法来左右世道人心。

4.

胡铨论罪，临安沸腾的舆论却并没有在杀一儆百中平息下来。大宋皇帝跪接蛮夷之邦使臣的诏书，这是何等令国体蒙羞、令每一位大宋子民蒙羞的事情。宋高宗本人倒极想下跪的，他的说法其实也不无道理：“士大夫只为自己考虑，想当初朕被金兵追得出海逃难的时候，危在旦夕，就算跪拜一百次难道会有人在意吗？！”

但毕竟中原皇帝跪拜蛮夷使臣，这是亘古未有之奇谈，宋高宗若真的跪了，怕要面临民心离散，再也收拾不起的境地。思前想后，高宗皇帝搬出了帝王居丧期间由宰相代理国政的儒家古礼，派秦桧代自己下跪。幸好金朝使者倒愿意给秦桧面子，使这场和谈总算进行了下去。

这是绍兴八年，合约规定南宋对金称臣，每年进奉白银五十万两，绢五十万匹，金朝则将原本由伪齐管理的河南、陕西地区划给南宋。

南宋自然朝野大哗，而金朝的主战派其实也不满意这次合约的条件，掀起了一场声讨主和派的舆论攻势，如同胡铨请杀秦桧一样，请求杀掉主和派首领挞懒，誓以武力保护“胜利果实”。

翌年，金朝主战派首领兀术撕毁合约，兴兵南下，却败给了岳飞和刘锜的军队。这样的战果令金、宋两国的政治高层同样感到意外，前者于是意识到了和谈的必要，后者于是意识到了若不赶紧见好就收，待金人真在北宋故都扶植起宋钦宗的傀儡政权，那将会把好容易坐上皇位的宋高宗置于何地？再者，金人的毁约南侵已经让胡铨在去年那份引起轩然大波的《戊午上高宗封事》里的预言得到应验，高宗和秦桧一党该情何以堪？！

5.

十二道金牌的故事就发生在这段时间，然后是风波亭的冤狱，莫须有的罪名，三大将被夺取兵权，待这一切铺垫工作完成之后，绍兴十一年（1141 年）十一月，宋金再次签订合约，这就是宋史上极著名的“绍兴和议”。翌年，金人如约将宋徽宗的灵柩与宋高宗的生母韦太后一并送还临安，宋朝的主和派终于在舆论上可以有一点扬眉吐气的资本了。

胡铨不是说金人不会守信吗？若当真听了胡铨的鬼话，徽宗的灵柩与韦太后恐怕永远也不会返回了，那岂不是置当今皇上于不孝之地吗？！是的，秦桧此时终于可以说出这样一番冠冕堂皇的话了，但这样一番道理又怎么会骗得过世道人心呢？

有正义感的士大夫永远都是胡铨的同情者，但真正敢于明确表态的人并不很多，张元干就是其中最骨鲠的一个。胡铨被贬往新州的时候，张元干以一阕《贺新郎》为他送行，这首词后来传为南宋豪放词的代表作，那词句真有“黄河之水天上来，奔流到海不复回”的气势：

梦绕神州路。

怅秋风、连营画角，故宫离黍。

底事昆仑倾砥柱，九地黄流乱注。

聚万落、千村狐兔。

天意从来高难问，况人情、老易悲难诉。

更南浦，送君去。

凉生岸柳催残暑。

耿斜河、疏星淡月，断云微度。

万里江山知何处，回首对床夜语。

雁不到、书成谁与。

目尽青天怀今古，肯儿曹、恩怨相尔汝。

举大白，听《金缕》。

张元干之前已经写过一阕《贺新郎》献给主战派名臣李纲，那首词同样写得气势雄浑，堪与送胡铨的这首媲美：

曳杖危楼去。

斗垂天、沧波万顷，月流烟渚。

扫尽浮云风不定，未放扁舟夜渡。

宿雁落、寒芦深处。

怅望关河空吊影，正人间、鼻息鸣鼍鼓。

谁伴我，醉中舞。

十年一梦扬州路。

倚高寒、愁生故国，气吞骄虏。

要斩楼兰三尺剑，遗恨琵琶旧语。

谩暗涩、铜华尘土。

唤取谪仙平章看，过苕溪、尚许垂纶否。

风浩荡，欲飞举。

张元干早因送李纲的这首《贺新郎》大大地触怒了秦桧，及至送胡铨的《贺新郎》一出，天下传唱，对于词人而言便是一场政治自杀。捏造莫须有的罪名从来不是难事，张元干很快便经历了入狱、抄家、削除名籍等一连串的打击报复，从此与胡铨做了难兄难弟。在遵循丛林法则的政坛上，正直从来都是一项最致命的生存劣势，幸而人不仅仅是为了生存而活着。

◇◇

胡铨名字考

胡铨，字邦衡。“铨”与“衡”都是“秤”的意思，即称量重量的器具。“邦衡”即国家之秤，唯治国君子可以当之。

王质

The Stories of the Great Lyricists
in Song Dynasty

政论家的政论词

关键词：
《三国志》

警句：

白云堆里养精神。

1.

诗要言志，文要载道，都不让人轻松，只有词是一种吟风弄月的文学，不必板着脸来写。

但是换个角度来看，板起脸来填词，倒也算是文艺创作上的一种突破。“以诗为词”的风气就是这样在不经意间诞生的，词越写越像诗，里边载有报国志向，载有儒家理想，可以言志，可以论政，当然也可以咏史，甚至可以当成读后感来写。

王质就写过一首读后感式的《八声甘州》，词题就叫“读诸葛武侯传”：

过隆中、桑柘倚斜阳，禾黍战悲风。

世若无徐庶，更无庞统，沉了英雄。

本计东荆西益，观变取奇功。

转尽青天粟，无路能通。

他日杂耕渭上，忽一星飞坠，万事成空。

使一曹三马，云雨动蛟龙。

看璀璨、出师一表，照乾坤、牛斗气常冲。

千年后，锦城相吊，遇草堂翁。

王质读《三国志·诸葛亮传》，读后以这样一阕词囊括诸葛亮的一生事业。这样的词，也恰恰适合王质来写。

王质其人，被后人看作汉代贾谊、唐代陆质一样见识高远的政治思想家。虽然贾谊与陆质都属于壮志未酬、理想不得不屈就于现实的悲剧性人物，但王质的一生际遇却远远不及他们，他永远徘徊在仕宦旅途的低级阶段，屡屡受挫，只有做幕僚的日子稍稍长些。但这又何妨，正好可以“白云堆里养精神”。

2.

“白云堆里养精神”是王质《定风波》里的名句，是他一生事业的诗意写照。

只能在白云堆里养精神而不能在喧嚣红尘里出将入相，这也许要怪王质的不合时宜。在世人推重经学的时候，王质偏偏喜好史学，喜欢研究历代兴亡之道。研究心得汇集成书，就是《朴论》五十篇，从成书至今一共也没有几个读者。

寂寞的王质愈发沉浸在故纸堆里，与古代英杰精神交流岂不胜过与时人谈些琐碎的话题？所以王质爱读《诸葛亮传》，也爱读《周瑜传》和《谢安传》，他所仰慕的人物其实都是时下的南宋朝廷里最缺少的人物，于是满腔的期待与怨愤都借着古代英杰的生平倾泻在一首又一首的《八声甘州》里。

王质《八声甘州·读周公瑾传》同样写得绝佳：

事茫茫、赤壁半帆风，四海忽三分。

想苍烟金虎，碧云铜爵，恨满乾坤。

郁郁秣陵王气，传到第三孙。

风虎云龙会，自有其人。

朱颜二十有四，正锦帏秋梦，玉帐春声。

望吴江楚汉，明月伴英魂。

浥浥小桥红浪湿，抚虚弦、何处得郎闻。

雪堂老，千年一瞬，再击空明。

这首词里最有情致的是，将“曲有误，周郎顾”这个极尽温柔的典故写出了英雄气。“浥浥小桥红浪湿，抚虚弦、何处得郎闻”，这不再是为得周郎一顾而故意弹错琴弦的少女心态，却变作了千古英雄知音无觅的苍凉悲怀。在那个国势日蹙的时节，这样的词句简直有悲歌击筑的刺痛感。

3.

两首《八声甘州》，结句都是同一种类型。前者说“千年后，锦城相吊，遇草堂翁”，后者说“雪堂老，千年一瞬，再击空明”。草堂翁是指杜甫，杜甫以“出师未捷身先死，长使英雄泪满襟”的诗句成为诸葛亮芸芸后世知音中的一个；雪堂老是指苏轼，苏轼以“大江东去，浪淘尽、千古风流人物”的词句成为周瑜芸芸后世知音中的一个。

豪杰人物，总需要后世的知音来接续他们的力量，正如王质在一阕《万年欢》里所感怀的“一轮明月，古人心万年，更寸心存”，而此时宋室南渡，偏安一隅，古代豪杰的气脉难道就在这里断掉了不成？

◇◇◇

王质名字考

王质，字景文。名与字关联起来，其含义是：天性本“质”，景慕“文”化。质与文的概念出自《论语·雍也》里孔子的一段名言：“质胜文则野，文胜质则史。文质彬彬，然后君子。”质，是人内在的天性，天性总是质朴无华的；文，是外在的修饰，修饰总是赏心悦目的。一个人如果质胜过文，难免粗鄙；如果文胜过质，又难免迂腐。所以最好的修养是“文质彬彬”，即文与质恰如其分。

赵长卿

The Stories of the Great Lyricists
in Song Dynasty

口语词人

关键词：
人口租赁契约

警句：
愿新春以后，吉吉利利，百事都如意。

1.

唐代有口语诗人王梵志，宋代有口语词人赵长卿。但王梵志本是市井小民，写口语是自家的当行本色，赵长卿却是大宋宗室子弟，在人们的刻板印象里总该端一点文雅架子的。

赵长卿是南丰人，自号仙源居士，对仕宦兴趣寡淡，只喜欢吟诗填词，过一种与世无争、自娱自乐的日子，正如他在一阕《蓦山溪》里自我描摹的那样：

无非无是，好个闲居士。

衣食不求人，又识得、三文两字。

不贪不伪，一味乐天真，三径里，四时花，随分堪游戏。

学些沓拖，也似没意志。

诗酒度流年，熟谙得、无争三昧。

风波歧路，成败霎时间，你富贵，你荣华，我自关门睡。

这是何等洗净了虚荣心的生活，“你富贵，你荣华，我自关门睡”，这道理从来易知而难行，但从来不曾如赵长卿般，以如此口语化的朴素形式表述过。

是的，口语化，这是赵长卿最突出的特色。如果从填词的数量来看，赵长卿传世词作三百余首，也算是个高产作家了，但自古以来的宋词选本很少有他的作品，只因为士大夫的审美趣味毕竟偏于文雅，总嫌他的作品太口语化。

幸而口语化的作品总容易得到市井中人的喜爱，赵长卿的《探春令》便被传为百姓人家拜年的吉祥话了：

笙歌间错华筵启。

喜新春新岁。

菜传纤手，青丝轻细。

和气入、东风里。

幡儿胜儿都姑㛹。

戴得更忔戏。

愿新春以后，吉吉利利，百事都如意。

词句写新春时的喜庆，在今天读来倒有几分民俗研究的价值。只是口语作品虽然明白晓畅，却比书面语有一个极大的劣势：时人易晓，后人却不易晓。“姑媂”“忔戏”显然就是当时的口语，市井百姓也人人晓得，而到了今天，专家也考索不出它们的含义了，这样的宋词简直比先秦古文更令人望而生畏。

2.

欧阳修写《醉翁亭记》，通篇大用“也”字结尾，全是近于口语化的散文味道，与当时流行的骈文大异其趣。赵长卿早年填词很喜欢模仿欧阳修、晏殊的风格，也将欧阳修的散文写法借用到填词里去。一阕《瑞鹤仙》，通篇韵脚尽是“也”字，别开生面，简直就是词坛里的《醉翁亭记》：

无言屈指也。

算年年底事，长为旅也。

凄惶受尽也。

把良辰美景，总成虚也。

自嗟叹也。

这情怀、如何诉也。

谩愁明怕暗，单栖独宿，怎生禁也。

闲也。

有时临镜，渐觉形容，日销减也。

光阴换也。

空辜负、少年也。

念仙源深处，暖香小院，赢得群花怨也。

是亏他、见了多教骂几句也。

一首词尽是口语味道，仿佛老人闲话。词有小序：“归宁都，因成，寄暖香诸院”，所谓暖香诸院，皆是赵长卿家乡南丰的妓馆。赵长卿常常诗酒流连，在风月场上与歌女们相得甚欢，而客居宁都之后，想南丰那些相熟的歌女怕在怨恨自己久滞不归吧，于是“是亏他、见了多教骂几句也”，许诺歌女们说，待自己回到南丰，一定甘愿让她们多骂几句。这样的词，实在令今天的读者大跌眼镜。

3.

其实细细琢磨赵长卿的词作，就会发现他其实是个贾宝玉式的人物，对歌女常以平等的姿态欣赏之，爱慕之，没有半点轻贱的意思。

宋代是一个人口生意兴旺发达的时代，歌伎或婢妾非但可以买卖，甚至还存在着相当规范的租赁业务。赵长卿曾经签订租约，租下了一名叫作文卿的歌女，租期三年。这三年间，他教她学习苏东坡的书法，歌唱苏东坡的词作，感情日渐厚笃。待三年期满，两人自是依依不舍，而文卿的母亲执意履行租约条款，不许续约，强横地将文卿带了回去。

法律文书俱在，赵长卿无权无势，只好做了守法公民。其后文卿竟然被许给了一名农夫，这也许算是一门真正为文卿着想的妥当婚事吧：若是继续在赵长卿家里做一名家伎，至多可以升格为妾室，正如朝云之于苏轼那般，而嫁到农家才是真正的门当户对，明媒正娶，后半生便可以踏踏实实地过日子了。只是，一个已接受了三年精英文化教育的女子，哪里还能扮得来农妇的角色呢？

文卿嫁后，果然落落寡欢，时常忆起那三年琴棋书画的日子，忍不住给赵长卿写信，时而是片言只语的问候，时而是新作的诗词。精神的出轨就这样令人同情地发生了，而赵长卿怅怅然无可奈何，一番伤情也只有寄托在对文卿诗词的步韵赓和上了。

一阕《鹧鸪天》，有小序记载“偶有鳞翼之便，书以寄文卿”，看来两人就连书信往还都不能多有，偶一为之便弥足珍贵：

一曲清歌金缕衣，巧佞心事有谁知。

自从别后难相见，空解题红寄好诗。

忆携手，过阶墀[1]。月笼化影半明时。

玉钗头上轻轻颤，摇落钗头豆蔻枝。

再有一阕《临江仙》，追步文卿原韵：

破靥盈盈巧笑，举杯滟滟迎逢。

慧心端有谢娘风。

烛花香雾，娇困面微红。

别恨彩笺虽寄，清歌浅酌难同。

梦回楚馆雨云空。

相思春暮，愁满绿芜中。

文卿的农民夫婿是否对妻子的精神出轨有所察觉，我们已经不得而知了。倘若有情人终成眷属，文卿当初拒绝了母亲的逼婚，继续留在赵长卿的身边，也许未必就会更幸福一点。

①墀（chí）：台阶上的空地。

4.

宋代不乏与赵长卿同病相怜的文人。杨端臣也曾买过一名歌伎，契约同样签订三年。期满之时，歌伎邻家富户重金贿赂其父母，后者遂不再与杨端臣续约，将女儿转租给邻家富户。杨端臣追恨不已，作《渔家傲》以寄意：

有个人人情不久。

而今已落他人手。

见说近来伊也瘦。

好教受，看谁似我能挼[①]就。

莲脸能匀眉黛皱。

相思泪滴残妆透。

总是自家为事谬。

从今后，这回断了心先有。

虽然词句写得鄙俗了些，难以激发有文艺趣味的读者的同情，却当真很有风俗史的意义。后来杨端臣在一个偶然的机会与那名歌伎邂

①挼（ruán）：揉搓。

逅，思念之情一发不可收拾，再作《渔家傲》一首：

楼鼓数声人迹散。

马蹄不响街尘软。

门户深深扃小院。

帘不卷，背灯尽烛红条短。

归路恍如春梦断。

千愁万恨知何限。

昨夜月华明似练。

花影畔，算来惟有嫦娥见。

与赵长卿那个缺乏必要下文的故事不同的是，我们有幸知晓那名富户对此事的反应：纸里毕竟包不住火，富户的高墙隔不住火热的相思；富户察觉到了蛛丝马迹，从此严防门户，使这一对有情人再没有互通消息的机会。绝望中的杨端臣只好将绝望继续寄托在词里，那是一首《阮郎归》：

□□今日那人家。

琐窗红影斜。

鬓云散乱不胜花。

偷匀残脸霞。

梁燕老，石榴花。

佳期今已差。

凭阑思想入天涯。

暮云重叠遮。

这首词倒写得深挚，即便读者不晓得背后的故事，也会生出一些泫然的感动。宋代独特的人口租赁制度自然会常常制造这一种爱情悲剧，回想赵长卿“你富贵，你荣华，我自关门睡”的豁达词句，简直有些反讽意味了：他人的富贵纵然可以无动于我心，但我若有同等的富贵，岂不是可以夺回那曾属于我、亦应属于我的爱情吗?

梅娇与杏倩

The Stories of the Great Lyricists
in Song Dynasty

歌伎的词赛

关键词：

家伎

警句：

争如我、青青结子，金鼎内调羹。

1.

设若赵长卿有权有势，自然想留文卿多久便留多久。这事情若反过来看，文卿既然已填得一手好词，写得一手好书法，自然也可以改签租约，到有权有势的人家去做家伎，然后升格为妾室，从此过上锦衣玉食的日子。

宋代社会，多才多艺的家伎是极受士大夫阶层青睐的，因为良家女子总是“无才便是德”，鲜有认真去学才艺的，李清照、朱淑真都是个案而已，歌伎才是令人惊才艳羡的一个群体，在宋词的世界里不仅留下过美丽的辞章，也留下过一些妙趣横生的故事。

总要有风雅的男人，才能赏识多才多艺的女子。吴七郡王就是极风雅的，而且才思敏捷，有七步成诗的本领。酷暑里的某日，郡王闲卧凉亭，信口吟出这样一首词来：

凉亭九曲阑干绕，四面柳荷香来好。

身眠八尺白鲵[①]须，头枕一枚红玛瑙。

毒龙畏热不敢行，海水剪碎蓬莱岛。

还差最后两句，吴七郡王却止住不吟，也不知是才思不畅还是故意要刁难一下别人，要梅娇、杏倩两名爱姬补成完璧。

梅娇、杏倩风姿俊雅，精擅诗词音律，对这个展现才艺的机会自然不肯放过。梅娇续出第七句“公子犹嫌扇力微”，杏倩续出第八句：“游人尚在红尘道”。

完璧已成，通篇都是炫富的口吻，很容易令人联想起《水浒传》里白胜唱的那首歌谣：“赤日炎炎似火烧，野田禾稻半枯焦。农夫心内如汤煮，公子王孙把扇摇。”看来劳动阶层真不晓得上层社会的闲适，以为酷暑天里摇摇扇子就是莫大的享受了，殊不知“公子犹嫌扇力微”，纳凉靠的大环境是“凉亭九曲阑干绕，四面柳荷香来好”，小环境是“身眠八尺白鲵须，头枕一枚红玛瑙”，哪里还需要扇子？！最气人的就

①鲵（é）：古书传说中的一种鱼类。

是杏倩续出的最后一句，明明富贵人家极尽奢华，若能自得其乐倒也罢了，偏偏还要和那些不得不奔波于酷暑中的行人对比一下，也忒煞风景了吧。

2.

梅娇、杏倩人各一句，女人心性，定要请吴七郡王品评高下。一句诗或许显不出真实才艺，那就增加难度好了。这真是名副其实的争奇斗艳，梅娇率先以一阕《满庭芳》发难：

一种阳和，玉英初纵，雪天分外精神。

冰肌肉骨，别是一家春。

楼上笛声三弄，百花都未知音。

明窗畔，临风对月，曾结岁寒盟。

笑杏花何太晚，迟疑不发，等待春深。

只宜远望，举目似烧林。

丽质芳姿虽好，一时取媚东君。

争如我，青青结子，金鼎内调羹。

这首词写得美艳，更写得俏皮，自矜自赏地揄扬了梅花之美，然后从过片开始狠狠挖苦了杏花，笑杏花只能在春光里“一时取媚”罢了，怎比得上我梅花“青青结子，金鼎内调羹”呢?

结句暗用盐梅典故：盐与梅子是古代烹调最重要的两种调料，又因为殷商名相伊尹曾借调羹比喻治国之道，故而古人以调羹喻治国，以盐梅喻宰相。梅娇如此写法，分明是要杏倩抬不起头来。

杏倩自不甘示弱，同样以一阕《满庭芳》反击：

景傍清明，日和风暖，数枝浓淡胭脂。

春来早起，惟我独芳菲。

门外几番雨过，似佳人、细腻香肌。

堪赏处，玉楼人醉，斜插满头归。

梅花何太早，消疏骨肉，叶密花稀。

不逢媚景，开后甚孤栖。

恐怕百花笑你，甘心受、雪压霜欺。

争如我，年年得意，占断踏青时。

这首词赞杏花赞得得意，嘲梅花嘲得刻薄，说梅花占不到半分春光，只能在霜雪的欺凌下寂寞开放，以至于“消疏骨肉，叶密花稀”，受尽百花的讥嘲。

且不论这样的词作有什么“思想深度”，单从艺术技巧来看，已经足以令士大夫击掌惊叹了。歌女能有这般的文学造诣，在宋代以前还是不曾有过的事情。这样的爱姬，想必吴七郡王断断容不得“租约期满”。

故事的结尾，吴七郡王自然不会当真去品评优劣，而是以一阕《杏梅词》成功地扮演了一回和事佬。其实纵然真的想品评一番优劣，倒也真的令人为难呢。

张表臣

The Stories of the Great Lyricists in Song Dynasty

尴尬的题壁词

关键词：
题壁、甘露寺

警句：
《落梅》呜咽，吹彻江城暮。

1.

题刻“到此一游”其实很有一点古雅的源头。文人墨客向来有题壁的传统，或在酒楼里趁醉，或在驿站中抒怀，或在名胜处留念，凡有墙壁的地方就有诗句。

当然，墙壁上的这些诗句，其待遇从来都不公平。最著名的故事是唐代王播留下来的：王播出身孤贫，早年寄居于扬州惠昭寺读书，每日听到钟声便放下书本与僧人们一道吃饭。某日钟声响起，王播赶到饭堂，却发现杯盘狼藉，僧人们早已吃过了饭。无奈佛门也是个嫌贫爱富的地方，王播知道饭后敲钟分明是对自己下逐客令了，只有悻悻离去。二十年后，已是位高权重的王播故地重游，发现当初自己题写在惠昭寺墙壁上的诗句竟然被僧人们临时以碧纱恭恭敬敬地笼罩起来。王播当即再题壁一首：“上堂已了各西东，惭愧阇黎饭后钟。

二十年里尘扑面，如今始得碧纱笼。”僧人们的势利嘴脸真被这首诗活灵活现地刻画出来了。

这个故事里很有个耐人寻味的细节：惠昭寺的僧人们不知是出于懒惰还是什么其他缘故，竟可以由着一个无名小辈的题诗在墙壁上存在了二十年之久。事实上唐代因为题壁之风太盛，墙壁重新粉刷一遍之后，很快又会被人题满，所以无论是寺院还是酒楼，纷纷装备了专门的题诗板供客人题诗，总算可以保持墙壁的整洁。而到了宋代，不知为何题诗板罕见踪影，题壁再次成风，真让僧人与酒家烦不胜烦。

2.

南徐甘露寺自唐代以来便是极有名的佛门圣地，名相李德裕出镇南徐的时候，特地拜访甘露寺，将一根来自大宛国的方竹杖郑重其事地赠予僧人。后来李德裕再访故地，问及那个国宝级的方竹杖可还无恙，僧人欣然答道：“很好，已经弄圆了，还上了漆。”

焚琴煮鹤莫过于此，李德裕为此嗟惋了好些时日。及至宋代，张表臣与同僚拜访甘露寺，意外地发现这座寺院里居然古风尚存。当时张表臣游赏之间，兴之所至，将一首近作《蓦山溪》题于僧壁：

楼横北固，尽日厌厌雨。

欸乃数声歌，但渺漠、江山烟树。

寂寥风物，三五过元宵，寻柳眼，觅花须，春色知何处。

《落梅》呜咽，吹彻江城暮。

脉脉数飞鸿，杳归期、东风凝伫。

长安不见，烽起夕阳间，魂欲断，酒初醒，独下危梯去。

这首词并非即兴题壁，而是前不久已经写好，此时题于僧壁的，可见张表臣很以这首词自得。而僧人的反应简直太不给词人面子了——僧人一脸愁苦地向张表臣的同僚发牢骚说："刚刚刷完的墙，又被写了字！"张表臣很气恼地说："壁上但有题写，总被你们这些僧人涂抹掉，这便是甘露寺的祖风啊！"

自从元代以后，题壁的风气便大大衰减下来，这应当与印刷术的兴盛有关，倒也说明诗词创作规模的衰退。今天我们只觉得书籍是再平常不过的事物，而在宋代，尽管印刷术已经有了相当的历史，但书籍仍是昂贵而不可多得的，文学作品的"发表"自然更不是易事。今天的我们已经很难想见寺院、酒楼、名胜的墙壁曾经是文人骚客们何许重要的发表空间，我们真该以敬惜字纸的心态去敬惜墙壁啊。

朱翌

The Stories of the Great Lyricists
in Song Dynasty

儿童诗与少年词

关键词：
词的地位

警句：
归来也，风吹平野，一点香随马。

1.

“鹅，鹅，鹅，曲项向天歌。白毛浮绿水，红掌拨清波。”这一首我们每个人自幼背的诗是骆宾王七岁时候的作品。古代书香门第往往从幼年便训练子弟作诗的技巧，子弟若能在童年时写出骆宾王这样的诗，便会被乡里视为神童，父母也会因此大有面子。但是，从没有哪一家人会这样来训练子弟填词。

某日，大名士朱敦儒拜访桐城朱载，主人不在，几案上放着一张纸，纸上墨迹尚新，是一阕《点绛唇》，想来是朱载的新作。朱敦儒自是填词大家，对这首词越看越爱，当即便抄录在扇面上：

流水泠泠，断桥斜路横枝亚。

雪花飞下，全胜江南画。

白璧青钱，欲买应无价。

归来也，风吹平野，一点香随马。

2.

正因为朱敦儒的这次抄录，在后世记载里便将这首词的作者不加分辨地纳入他的名下，而在当时就连朱敦儒自己也搞不清作者究竟为谁。某日这把扇子被诗僧德洪见到，对扇上所书的《点绛唇》吟赏再三。德洪偏偏是个喜欢刨根问底的人，定要寻出词的作者，朱敦儒便带他一同再访朱府，向朱载当面确认。

没想到朱载愕然相对，全不知这首词是怎么回事。待朱敦儒和德洪在失望之下告辞离去，朱载忽然想到了一种自己不很愿意接受的可能性：莫非这首词的作者是自己的儿子朱翌？可朱翌今年才十八岁啊！

朱载不动声色地向朱翌确认，朱翌一开始不敢照实回答，纠结了好一阵子才勉强坦诚了实情：没错，那首词正是自己的新作。

今天的读者恐怕很难理解朱载父子的心理：骆宾王七岁作诗，被誉为神童，为何朱翌十八岁填词反而都不敢承认呢？个中缘由就在于诗和词的社会地位大相径庭：诗是儒家正根，是儒者必修的功课，是言志的最佳利器，而词向来只被看作小道，难登大雅之堂，只是供文人玩乐所用的文体。所以朱载狠狠教训了儿子一通：“儿辈读书，正当在经史中下功夫，填词做什么？！”话虽如此，姿态虽必须要这样摆，但朱载心里窃喜，笃定这个孩子将来必定会以文采扬名于世。

朱载的眼光没错，那首《点绛唇》确实大见文采。其实单以文学论文学，诗与词究竟又有多大的分别呢？

林升

The Stories of the Great Lyricists
in Song Dynasty

绿野仙踪

关键词：
吕洞宾、闽音

警句：
四海谁知我，一剑横空几番过。

1.

宋高宗绍兴年间，临安城里忽然流传起一阕《洞仙歌》，说是从苏州传来，其间大有异处：

飞梁压水，虹影澄清晓。

桔里渔村半烟草。

叹今来古往，物是人非，天地里、惟有江山不老。

雨巾风帽。

四海谁知我，一剑横空几番过。

按玉龙、嘶未断，月冷波寒，归去也、林屋洞天无锁。

认云屏烟障是吾庐，任满地苍苔，年年不扫。

从词义揣摩，填词者当是从某座桥下经过，发出些白云苍狗、沧海桑田的感叹；他还描绘出自己的模样：穿着雨披，戴着风帽，乘坐飞剑在天际往来，住在群山深处，好不逍遥自在。从“一剑横空几番过”来看，这分明就是八仙中的吕洞宾嘛。

这首词是在苏州垂虹桥上率先被人发现的，蹊跷的是，词句就题写在桥中心的外侧，无论人在桥上、岸上、船上，都够不到题词的那个位置，若不是神仙悬浮在空中题写，断乎没有另一种可能。这样一路推测下来，这一定真是吕洞宾的亲笔了！

这是何等爆炸性的新闻，不多日便尽人皆知，甚至上达天听。宋高宗赵构读着这首词，忽然笑了。

2.

宋高宗辗然而笑：“这哪是吕洞宾的词，一定是某个福建秀才写的。”

臣下如坠云里雾中，不明白圣上何出此言。高宗解释道：“你们只要看这首词的用韵，分明杂有闽音！”

写诗填词，无论用韵用字，在音律上都有严格的要求。读音不但会随时间而变，也会随地域而变，诗词领域里同样有推行“普通话”的必要，而这一种“普通话”就是全国通行的韵谱。今天我们读唐诗宋词,会感觉到有很多不押韵或平仄不协的地方,那就是因为时至今日,字音已经与唐代大不相同。后人写诗填词，在基本训练里就有熟背韵谱这一项，只有背熟了韵谱，才能以唐人的读音，也就是诗词里的“普通话”来写作。如果韵谱掌握不熟，就很难通过科举考试。那些方言色彩较重的地区，考生们总要比常人多花些功夫。

宋高宗从《洞仙歌》里读出了闽音，所以判断这定是某位福建秀才的作品。纵使神仙当真存在，吕洞宾这位山西籍的神仙也不可能用福建话来填词吧。

许久以后，《洞仙歌》的作者身份终于浮出水面，他叫林升，果然是一名福建秀才。

3.

“山外青山楼外楼，西湖歌舞几时休。暖风熏得游人醉，直把杭州作汴州。”每个人对这首诗都不陌生,它是临安某酒楼上的题壁之作,作者就是这位林升。《洞仙歌》的题写真相也随着作者身份的暴露而广为人知：那是林升乘坐大船逼近桥洞，站在船篷顶上写的。写罢驾船而去，水天渺然，旁无来迹，世人怎能不以神仙疑之。

真相一经曝光,所有人都不禁哑然失笑,怪这林升也太有作怪精神了。

林升确实很有作怪精神，他是那个时代里首屈一指的行为艺术家，以神仙口吻写诗填词其实是他的老套路了。

某次林升一身道士装扮，独游西湖，在湖边的酒楼饮酒。他吩咐酒保只要看自己的酒杯空了，不必多问，立即续满，至于酒钱，可随意去自己那只虎皮荷包里取。林升就这样不住地饮酒，酒保也不住地给他续杯，不住地从虎皮荷包里取酒钱，待林升数斗饮尽之后，有好事者窥探他的荷包，发现里边的银钱竟然丝毫不见减少。

酒楼里的看客越聚越多，纷纷议论是否遇到了神仙。只见林升酒兴浓时，要来笔墨，在墙壁上题诗道："药炉丹灶旧生涯，白云深处是吾家。江城恋酒不归去，老却碧桃无限花。"

第二天，神仙来西湖饮酒的消息迅速传遍临安。至于林升究竟在那个虎皮荷包上做了什么手脚，史料便没有给我们任何线索了。

徽钦二帝

The Stories of the Great Lyricists
in Song Dynasty

亡国之音哀以思

关键词：

北狩

警句：

天遥地远，万水千山，知他故宫何处。

1.

无言哽噎。

看灯记得年时节。

行行指月行行说。

愿月常圆，休要暂时缺。

今年华市灯罗列。

好灯争奈人心别。

人前不敢分明说。

不忍抬头，羞见旧时月。

这首词调寄《醉落魄》，是北宋灭亡之前宋徽宗作于元月预赏之时。

所谓预赏，宋代极重元宵佳节，正月十五总有盛大的花灯大会，灯事规模愈搞愈盛，在十五日之前的几天便已经开始花灯斗艳了，此时赏灯便称为预赏。此时宋徽宗临幸景龙门，睹月思人，写这首词一为赏灯，二为悼念明节皇后。这样的词句完全看不出一点帝王气象，只有人间百姓的平凡悲哀，那悲伤的情绪甚至“人前不敢分明说”，这是何等温柔的小丈夫心态啊。

靖康国变以后，宋人时时提起这首词来，说末尾两句“不忍抬头，羞见旧时月”直如谶语，预示了一个悲凉而耻辱的结局。

2.

文人常说“国家不幸诗家幸，赋到沧桑句便工”，宋徽宗虽然不懂治国，文艺才华却冠绝一代，当天翻地覆、国破家亡，一旦归为臣虏，定会写出第一流的诗词吧，南唐后主李煜不就是一个绝佳的先例吗?

诚然，在被掳北行途中，徽宗睹杏花而感怀，写有一阕《燕山亭》，倒也称得上宋词中的名篇了。王国维在《人间词话》里说:“尼采谓‘一切文学，余爱以血书者。’后主之词，真所谓以血书者也。宋道君皇帝《燕山亭》词亦略似之。”虽然不认为徽宗之词可以与李后主相比，但这话总算是一种或多或少的揄扬了。

《燕山亭》写得凄恻感人，以杏花起兴，拓展到故国之思：

裁翦冰绡，轻叠数重，淡著胭脂匀注。
新样靓妆，艳溢香融，羞杀蕊珠宫女。
易得凋零，更多少无情风雨。
愁苦。
问院落凄凉，几番春暮。
凭寄离恨重重，这双燕，何曾会人言语。
天遥地远，万水千山，知他故宫何处。
怎不思量，除梦里有时曾去。
无据。
和梦也、新来不做。

耐人寻味的是，这首词固然道尽凄苦，却不见有半点反思。事实上宋徽宗落到这般田地，难道不是他自己一手造成的吗？宋人责怪奸臣误国，金人却可以毫无顾忌地讥讽这位道君皇帝。宋人笔记有载，当徽宗被金人囚禁于韩州的时候，一名金人使者来视察当地高级俘虏的动向，正好见到徽宗亲自爬上房梁，修补漏风漏雨的屋顶，使者不禁失笑，调侃道："尧舜茅茨不剪。"

这使者倒是个有文化的人，这句讥讽语出自《韩非子·五蠹》："尧之王天下也，茅茨不剪，采椽不斫。"这是说儒家最推崇的尧舜两位圣王躬行简朴，只住在茅草屋里，连那茅草都是未经修剪的。徽宗这位"圣王"居然亲自修剪屋顶的茅草，真有一点愧对尧舜啊！

3.

倒是同行的宋钦宗有些反思意识，比乃父稍见风骨。被金人押解北上的途中，某夜于林下歇宿，当时月色朦胧，有金兵首领吹笛的声音传来，笛声竟也呜咽。徽宗口占一首《眼儿媚》：

玉京曾忆旧繁华。
万里帝王家。
琼林玉殿，朝喧弦管，暮列琵琶。
花城人去今萧索，春梦绕胡沙。
家山何处，忍听羌笛，吹彻《梅花》。

吟罢意犹未尽，徽宗问钦宗能否赓和一阕，钦宗便吟道：

宸传[①]四百旧京华。

仁孝自名家。

一旦奸邪，倾天坼[②]地，忍听琵琶。

如今塞外多离索，迤逦远胡沙。

家邦万里，伶仃父子，向晓霜花。

徽宗的词只是一味伤心，钦宗的词却满载着怨愤与不平。这也难怪，对于靖康之耻，钦宗倒没有太大的责任，在很大程度上只是受了父亲的牵累罢了。徽宗或许不敢直面自己的昏庸，钦宗却不加避讳地点出了家国之恨。

4.

所以徽钦二帝始终以不同的心态苦挨着北狩生涯。徽宗的道教修养成为支撑生活的唯一正能量，凡事听天由命，顺其自然，无可无不可，既然改变不了环境，那就改变自己的心态——这个在今天被太多人奉为圭臬的人生信条原本是儒家君子最看不惯的一种小人道德，而君子的道德是：哪怕改变不了你所厌恶的环境，至少要勇于表达自己的不满，

①宸传（chénchuán）：帝位继承。

②坼（chè）：裂。

无论贫贱、富贵、威武，都不能动摇自己内心的坚守。

钦宗的心底仍有一些坚守的东西，所以他始终在等待着机会。钦宗曾将两首《西江月》交付给一名义士，托他带回宋境，那词句是足以激励人心的：

其一：

历代恢文偃武，四方晏粲无虞。

奸臣招致北匈奴。

边境年年侵侮。

一旦金汤失守，万邦不救銮舆。

我今父子在穹庐。

壮士忠臣何处？

其二：

塞雁嗈嗈[1]南去，高飞难寄音书。

祇[2]应宗社已丘墟。

①嗈嗈（yōngyōng）：鸟和鸣声。

②祇（zhǐ）：同“只”。

愿有真人为主。

岭外云藏晓日，眼前路忆平芜。

寒沙风紧泪盈裾。

难望燕山归路。

钦宗到底有几分明智，词句里既呼吁忠臣义士北上救主，也毫不忸怩地道出“祇应宗社已丘墟，愿有真人为主”，表示自己甘愿支持宋室新君，即便自己有幸南归，也绝不会与新君争位。当然，无论多么诚恳的表态，远在临安的宋高宗赵构也断然不会信以为真。这些自幼便生长在政治环境里的人，见惯了多少尔虞我诈、波谲云诡，谁又会把谁的话当真呢?

徽钦二帝先后死于北土，若从结果来看，钦宗的心态非但未给他带来任何好处，反而只让他比乃父多受了不少折磨。今日的人生导师们总宣扬徽宗那种有益的“健康心态”，但毕竟还是钦宗的心态更令人尊敬一些。尊严，从来都是一种代价不菲的东西。

严蕊

The Stories of the Great Lyricists
in Song Dynasty

娇柔的硬骨

关键词：
营伎制度

警句：
若得山花插满头，莫问奴归处。

1.

我最早读到严蕊的故事是在《二刻拍案惊奇》里，有一回目叫作《甘受刑侠女著芳名》，这位侠女便是严蕊。“三言二拍”的故事尽是市井气很足的，这一回目也不例外，将一代思想巨匠朱熹写得蛮横，将豪情万丈的陈亮写得近似疯癫，只让人觉得好笑，景仰之情早在不知不觉间便冰消瓦解，更觉得那凌濛初或许算得上解构主义之前的解构主义高手了。

那时候对严蕊的侠骨柔肠并不十分理解，只觉得这样一个妓院里的当行女子早惯于左右逢源，可以轻易出卖色艺，却为什么在逼问她通奸罪状的时候抵死不肯服软呢？人物性格的变化全无逻辑脉络可循，这实在是一个不能自圆其说的故事。

后来读清儒全祖望《宋元学案》，惊诧地发现《甘受刑侠女著芳名》里大儒们极富市井气的行迹乃至对话竟然全有出处，在三观尽毁之余也不得不佩服凌濛初的戏说原来倒也尊重史料，只不过他毕竟搞错了严蕊的身份，将宋代的营伎当作与明代勾栏酒肆的妓女一般的人物了。

2.

严蕊是台州的一名营伎，营伎之“营”并非军营，而是乐营，即地方政府中的管理官伎的专门机构，大约相当于今天的文工团。换言之，营伎是有公务员编制的职业艺人，在官员宴饮的时候负责歌舞助兴。她们虽然地位低下，却只卖艺，并不卖身，她们身体的清白享受着政府一系列规章制度的严格保障。

严蕊是台州最出色的营伎，擅长琴弈歌舞，丝竹书画，色艺冠绝一时。她还有相当程度的文学修养，间或写诗填词、每有新语，也很有一套为人处世的本领。唐仲友坐镇台州的时候，每次筵席上都少不了严蕊的歌舞。某日恰逢桃花盛开，那花朵红白相间，颇有几分奇异。唐仲友存心考严蕊，以红白桃花为题要她填词一首。严蕊即席做成一阕《如梦令》，才调竟不在士大夫之下：

道是梨花不是。

道是杏花不是。

白白与红红，别是东风情味。

曾记，曾记，人在武陵微醉。

小词说这桃花先让人惊诧，误认作白色的梨花，细看却不是；误认作红色的杏花，细看却还不是；红白相间，别有一番情味，仿佛是桃源仙女微醉时的脸庞。武陵原指陶渊明《桃花源记》里的桃花源，然而后世诗家常常将它和《幽明录》里刘晨、阮肇桃源遇仙女而相恋的桃源有意混淆起来，严蕊以武陵故事入典于此，大见巧妙的情致。唐仲友赞叹不已，厚赏严蕊，从此愈发欣赏她了。

3.

严蕊的名声也因为唐仲友的欣赏而远播于台州之外，凡有远方贵客来时，总希望一亲这位才女的芳泽。某次七夕郡宴，豪士谢元卿作为唐仲友的座上客，终于如愿以偿地欣赏到严蕊的才艺。但他不愿相信营伎会有甚诗才，点名要她即席赋词一阕，以七夕为题，以自己的姓氏为韵。

命题限韵，这本是自唐代以来科举考试的必备项目，而这非但不曾难住严蕊，反而又给了她一次扬名的机会。酒方行时，一阕《鹊桥仙》便已赋成：

碧梧初出，桂花才吐，池上水花微谢。

穿针人在合欢楼，正月露、玉盘高泻。

蛛忙鹊懒，耕慵织倦，空做古今佳话。

人间刚道隔年期，指天上、方才隔夜。

从《如梦令》《鹊桥仙》这两首词看，严蕊并非那种“熟读唐诗三百首，不会吟诗也会吟”的做派，而是当真思路巧妙，每出新语，全不落前人窠臼。谢元卿为之心醉，从此日日不离严蕊身侧，直到半年之后将随身财物几乎尽付严蕊，这才恋恋不舍而归。

4.

朱熹的到来打破了一切的宁静。

朱熹和唐仲友都是学者型官僚，朱熹是理学的集大成者，偏重道德，唐仲友却属于永康学派，偏重事功。传统中有一种说法，认为是学术上的分歧导致了两人的不睦，但无论如何，朱熹当真发现了唐仲友在为官上的若干不检点处，于是连番上疏，弹劾这位学术对手。

虽然经济问题才是唐仲友的要害，但以严苛道德自律的朱熹绝不肯放过唐仲友的作风问题。唐仲友实在和严蕊走得太近，以至于人们很难相信这两人当真没有私情。宋代制度，官员若与营伎发生奸情，两者都将受到严厉惩处。于是朱熹将严蕊下狱，本以为不难从这个弱女子身上获得令自己满意的口供，但偏偏是他以为最容易攻克的一环令他骑虎难下，严蕊被系月余，受尽棰楚，却始终坚称清白，一语不及唐仲友。

有狱吏好言相劝:“你何不早早认罪，对你的责罚最多也只是杖刑，不会重判，你又何苦受这样的折磨呢？”严蕊正色答道：“身为贱伎，纵然与太守有奸情，亦不至死罪，然而是非真伪，岂可以妄言诬蔑士大夫。我虽死也不会做栽诬之事！”

这份坚持所换来的只是更长时间的拘押与更加严酷的刑罚。严蕊在狱中苦苦挨过了两个月，一再受杖，委顿几死，但声誉也因此而愈高，每受一次酷刑，便赢得更多人的一分同情。

这一案件迅速成为南宋当时的舆论焦点，就连宋孝宗也听说了严蕊的遭际。事情必须有个妥善的了结，既然朱熹与严蕊都是不肯让步的人，那就将朱熹调任他处好了。

5.

接替朱熹的是岳飞之子岳霖。岳霖与朱熹相交甚善，这一次却也觉得朱熹太不通人情了些。岳霖重新提审严蕊，见这一代名伶已被折磨得不成样子，便不忍严审，只要她以词陈情。想来岳霖早已听闻严蕊的才女之名，心底竟多少有些不信。

令岳霖叹服的是，严蕊略加构思，便口占一阕《卜算子》：

不是爱风尘，似被前缘误。

花落花开自有时，总赖东君[①]主。

去也终须去，住也如何住。

若得山花插满头，莫问奴归处。

一首小词道尽营伎生涯的无奈，也道出对自由生活的向往，而才思之精，即便放在士大夫的作品里亦属第一流的佳作。岳霖大受感动，即日判令严蕊脱籍从良，台州为之喧腾。不多日后，便有宗室近属礼聘严蕊为妾，这样的奇女子本该赢得最优秀的男人为之折腰。

唐仲友经此一案，终于绝意于仕途，过起了著书、刻书的学者生活。而这一案件的来龙去脉竟然在后世掀起了太多的疑云，生出了各种立场上的异说，令人真伪莫辨，至今在史学界也没有形成一个定论。但那又如何呢，历史原本就是由各种不确定所构成的东西，任人选择

①东君：司掌春天之神。

各自愿意相信的一面。在这段历史里，至少我自己，永远都是严蕊的同情者。

辛弃疾

The Stories of the Great Lyricists in Song Dynasty

无语不可入词

关键词：
南渡、北伐、掉书袋

警句：
我见青山多妩媚，料青山见我应如是。

1.

金熙宗天眷三年（1140年），辛弃疾出生于山东历城（今济南），这一年在南宋是宋高宗绍兴十年。

站在南宋的角度，辛弃疾生长于沦陷区，只有从故老相传里了解宋朝的模样；站在金国的角度，金国才是辛弃疾的祖国，历城才是辛弃疾的故乡，爱国与爱家乡都是不需要理由的，金国的国土虽然是靠侵略得来，但宋朝的国土又何尝不是呢？

其实在宋、金南北对峙已成定局之后，沦陷于金人手中的中原大地并不都是腥风血雨、愁云惨雾。金人的汉化程度之高往往令宋人咋舌，他们沿袭了汉人的职官、科举、刑律等制度，早已不是想象中的野蛮部落了。所以，北方书香门第的子弟从小就可以接受与南方一样的儒学教育，长大以后也一样可以参加科举，入朝为官，一点也没有做牛做马的亡国奴的感觉。

而对于那些由宋入金的年长一辈来说，做亡国奴的滋味时常咬啮着心灵。儒家传统最重华夷之辨，堂堂中华衣冠门第竟然被迫生活在夷狄的世界，这种刻骨的耻辱感简直要把人逼到发疯。所以尽管在金国完全能获得优裕的物质条件与相当程度的政治权利，但他们始终都不熄灭驱逐鞑虏之念，即便无力做到这一点，至少也渴望逃回宋境。

其实连金人都觉得做夷狄是可耻的。他们虽然是武力上的胜利者，却不自觉地受了汉文化太深的影响，极力想要和自己的夷狄出身划清界限，一点也不在意“忘本”的讥讽。金人战斗力的惊人衰退与此有绝大关系，他们若始终尽到夷狄本分的话，灭亡南宋完全不是难事。

传统上都认为华夏文明更重脸面，夷狄世界更重实利，但我们会看到金与南宋在外交上常常发生礼仪之争，金人执拗地要在礼仪上压宋人一头，不惜因此而激发宋朝主战派的狂热斗志，原因就在于金人太想摆脱夷狄身份，太想把自己建设成华夏文明的第一继承人，建设成正统的儒家王朝。宋人也惊恐地发现，如果不能迅速北伐，收复失地，沦陷区的百姓与士大夫便不会觉得生活在宋境和金境有任何差别了，那时候他们将会安心做真正的金朝子民，南宋北伐的人心优势将会彻底丧失。

2.

辛弃疾的祖父辛赞是一位由宋入金，被迫滞留沦陷区的士大夫。为了保全家族，他忍辱接受了伪职。那时候虽然还没有汉奸这个概念，但做汉奸的耻辱感终生在辛赞心中挥之不去，以至于当孙辈成为真正意义上的金国子民的时候，他依旧不忘以宋朝的立场对之进行“爱国主义教育”，辛弃疾就是在这样的家庭环境里被熏陶出来的。

然而社会的大环境毕竟不同了。对于新生代而言，大宋文明只是一个悠久的传说，他们中的大多数人已经心安理得地接受了金国子民的身份，努力学习儒学，参加金国的科举考试，争取将来能在金国的官场中出人头地。辛弃疾的同学党怀英就是这一类人的代表，当辛弃疾率兵南渡，在南宋朝廷谋求兴复大业的时候，党怀英在金国顺利地科举及第，入翰林院为官，终于成为北方一代文坛宗主。儒家事业，在金朝并不逊于南宋。

倘若不是志大才疏的完颜亮做了皇帝，辛弃疾也许一生都等不到南渡的机会，就留在金国走上与党怀英一般的道路了。完颜亮的倒行逆施在金国激起了太大的民愤，非但汉人恨他，女真人一样恨他。于是，一方面出于好大喜功之心，一方面为了转移国内矛盾，完颜亮发动数十万大军南侵，要实现统一寰宇之志。

理想主义者被残酷现实狠狠打击的事情往往会令人同情，但完颜亮是个例外。他惊诧地发现自己的宏伟理想才一实现，就引发出太多的动乱：汉人造反，契丹人造反，就连女真人都造反了。完颜亮兵败采石矶，随即被厌战已久的部将谋杀，金人另立了一位稳妥可靠的新君，即金世宗完颜雍。而就是在这样一场大动荡里，辛弃疾也加入了起义者的行列，亲率五十余名豪杰驰突于五万金军之中，生擒叛徒张安国，然后一路与追兵周旋，终于南渡大江，回归宋境，使张安国在临安闹市问斩，轰动宋金两地。

3.

宋高宗其实并不欢迎辛弃疾这样的南渡者，尤其介意的是这位南渡者竟然是个英雄豪杰，永远在自己耳边聒噪着北伐。这样的人，还是一辈子让他投闲置散的好，免得生事。

南宋的外交政策早已注定了这个南渡英雄后半生的命运。朝廷很大度地给他职位，给他财富，给他荣誉，就是不给他实现北伐壮志的机会。辛弃疾不知道有没有后悔过，如此苟活在南宋难道真的就比留在金国更好吗？职位、财富、荣誉，这些东西可以腐化凡夫俗子，却无法笼络一位英雄。所以辛弃疾的词里满是壮志难酬的苦闷，满是故作旷达的凄凉。自然，词句里对朝廷也常有怨言，比如他那首名篇《摸鱼儿》：

更能消、几番风雨。

匆匆春又归去。

惜春长恨花开早，何况落红无数。

春且住。见说道、天涯芳草无归路。

怨春不语。算只有殷勤、画檐蛛网，尽日惹飞絮。

长门事，准拟佳期又误。

蛾眉曾有人妒。

千金纵买相如赋，脉脉此情谁诉。

君莫舞。君不见、玉环飞燕皆尘土。

闲愁最苦。

休去倚危栏，斜阳正在，烟柳断肠处。

这首词上片全是伤春情绪，下片借美女失宠于君王的典故抒发自己空有壮怀而不见用的愤懑，连带着还将当权者狠狠讥讽了一番。宋人罗大经这样评论："使在汉、唐时，宁不贾种豆、种桃之祸哉！愚闻寿皇见此词颇不悦，然终不加罪，可谓圣德也矣！"这番话的意思是说，倘若辛弃疾生活在汉、唐两代，这首词是会给他招致文字狱的；宋孝宗对这首词很有意见，却不曾加罪于辛弃疾，真是一位好皇帝啊！

种豆之祸是指西汉杨恽的事情：杨恽是司马迁的外孙，被贬官赋闲之后非但没有半点悔过反省的意思，还在信里对规劝他的友人满怀怨气地解释自己的高调生活是如何的理所当然，其中就有一段对自己酒酣耳热唱种豆之诗的生动描写。那首诗是：“田彼南山，芜秽不治。种一顷豆，落而为萁。人生行乐耳，须富贵何时。”虽然字面上是说南山种豆，实则暗讽朝政芜秽，说自己乐得免官逍遥。杨恽这篇书信写得文采斐然，以至于被收入《古文观止》，名为《报孙会宗书》。后来因为别的事由，杨恽再次获罪，抄家时抄出了这份《报孙会宗书》。原本杨恽罪不至死，但汉宣帝无法容忍他书信中这种冷嘲热讽的腔调，以大逆不道罪将他处斩，孙会宗也受牵连而被罢官处分。

种桃之祸是唐代刘禹锡的事情：刘禹锡从贬所返京，经过桃花盛开的玄都观，写下一首《元和十一年自朗州召至京，戏赠看花诸君子》：“紫陌红尘拂面来，无人不道看花回。玄都观里桃千树，尽是刘郎去后栽。”诗句将满朝新贵一并讥讽了去，以至于刘禹锡才返京城，便被贬到更远的地方。

相比之下，辛弃疾虽然屡屡被投闲置散，但已经太值得庆幸了。

辛词虽好，但怨愤、讥讪太多，辛弃疾不曾成为文字狱的受害者实在要感谢宋代宽容士大夫这一基本国策。

4.

在南宋文恬武嬉的日子里，金国却一直都在励精图治。金世宗即位之后，为了彻底摆脱蛮夷身份，争夺正统王朝的地位，在境内大力推行儒家仁政，以至于为自己赢得了“小尧舜”的称号。眼看着就连意识形态的制高点也要落入金人之手了，南宋收复故土的希望一天比一天渺茫。对于辛弃疾而言，再没有什么事情比这更令人心痛了。

壮志无酬，便只有在诗酒中自娱。早年在金国的时候，辛弃疾曾以诗词拜谒前辈蔡光，蔡光说他的诗缺乏潜力，但他日必当以词扬名。入宋之后的辛弃疾果然成为词坛巨擘，在他的手里无语不可入词，也只有词最能够排遣他的忧愤。

坐镇南徐的时候，辛弃疾每次开筵必定命歌女歌唱他的词作，也每每自诵其警句“我见青山多妩媚，料青山见我应如是”“不恨古人吾不见，恨古人不见吾狂耳”。每到此时，他总是拊髀自笑，顾问坐客何如。这两句皆出自同一篇《贺新郎》，无论客人们如何交口称赞，词中所深蕴的孤寂终是无法排解：

甚矣吾衰矣。

怅平生、交游零落，只今余几。

白发空垂三千丈，一笑人间万事。

问何物、能令公喜。

我见青山多妩媚，料青山见我应如是。

情与貌，略相似。

一尊搔首东窗里。

想渊明、《停云》诗就，此时风味。

江左沉酣求名者，岂识浊醪妙理。

回首叫、云飞风起。

不恨古人吾不见，恨古人、不见吾狂耳。

知我者，二三子。

5.

自从宋孝宗与金世宗签订隆兴和议之后，两国维持了三十年的和平时期。在这三十年间，南宋越发耽于偏安的闲适，金国越发加速着汉化进程。然而到了宋宁宗开禧元年（1205 年），即辛弃疾南渡之后的第四十三年，主和已久的南宋朝廷忽然兴起了北伐之议。

看上去宋人似乎真的等来了北伐的良机，因为金国在不断加速汉化的过程里，战斗力早已大不如前，而北方的蒙古人作为新兴的蛮夷开始严重威胁到金国的安危。蒙古之于金，近乎当年的金之于北宋。金人既忙于应付北方的蒙古，势必无力兼顾南线，宋人正可以建千载之功，这个重任就落在了权臣韩侂胄的肩上。

韩侂胄锐意北伐，其实是很有私心的：自己是靠政变起家，没什么足以服众的政治资本，若能抓住时机建一番不世殊勋，难道还有什么比这更好的事情吗？于是在开禧元年，韩侂胄走上前台，任平章军国事，权位更在宰相之上，全方位筹备北伐事宜。

那是群情激奋的一年，即便是韩侂胄的政治对手以及素来不屑于韩侂胄的人，这时候也纷纷站在了韩侂胄的一边。为了这一刻，辛弃疾已经足足等候了四十三年。

被贬谪多年的主战分子被纷纷启用，这自然少不了本已主动请缨的辛弃疾。但当真开始备战的具体工作，辛弃疾发现事情完全不是自己想象的样子，而问题全出在韩侂胄身上：韩侂胄一来绝非帅才，完全缺乏对大事件统筹规划的能力；二来私心太重，政客的习气太深；三来将北伐事业看得太过轻率了。

辛弃疾的真诚进言只换来了调职的结果，他已经完全能预见到这场轻率的北伐必将以失利收场，但那又如何呢，他能预见到，却没有半分力量来阻止。就是在这样的背景下，辛弃疾登京口北固亭眺望长江对岸，怀古兴悲，写出了那首千古传唱的《永遇乐》：

千古江山，英雄无觅，孙仲谋处。

舞榭歌台，风流总被，雨打风吹去。

斜阳草树，寻常巷陌，人道寄奴曾住。

想当年、金戈铁马，气吞万里如虎。

元嘉草草，封狼居胥，赢得仓皇北顾。

四十三年，望中犹记，烽火扬州路。

可堪回首，佛狸祠下，一片神鸦社鼓。

凭谁问、廉颇老矣，尚能饭否。

岳飞的孙子岳珂年轻时参加过辛弃疾的酒宴，席间见辛弃疾让歌女反复歌唱这首《永遇乐》。当时辛弃疾遍询来客，请指正此词瑕疵，岳珂年轻敢言，说它略嫌用典太多。词坛名宿当真听进去了年轻人的意见，反复修改了几个月之久，却终于没能改掉一字。其实正是有这样多的用典，才让这首词有了它所应有的沧桑和厚重，有了在艰难时局中难以言说的隐痛感。可叹的是，晚年辛弃疾的全部精神也只有寄托在这字斟句酌的填词事业里了。

开禧二年（1206年），宋军正式展开北伐，史称开禧北伐，其结局果然应了辛弃疾“元嘉草草，封狼居胥，赢得仓皇北顾”的预言。时任礼部侍郎的史弥远伪造宁宗诏书，使党羽刺杀了早已众叛亲离的韩侂胄，将其首级送往金国。

韩侂胄的时代就这样结束了，接下来南宋即将进入漫长的史弥远时代。生活在史弥远时代的宋人或许会觉得连秦桧都算不得太坏，幸好辛弃疾并没有那么长寿。

6.

辛弃疾的词确实用典太多，但是，若读者是似他一般博学的人，定会佩服他掉书袋能掉得如此驾轻就熟、天衣无缝。在辛弃疾的笔下，似乎所有的书都可以入词，甚至他可以在一首词里通篇用儒家经典之语。这当然也可以说是一种文字游戏，但这样的游戏只有绝顶聪明的人才能玩得出。

诗有集句，即将前人成句打散之后重新组合成一首新诗，这种玩法一般认为是王安石发明出来的。词自然也可以集句，但因为词的字句错杂，集句难度远大于诗，若是说可以将儒家经典抽出若干句子集成一首词来，任何有过填词经验的人都会知道，这简直是一件不可能完成的任务。所以当读到辛弃疾那首《踏莎行·赋稼轩，集经句》的时候，技术派高手无一例外地会为之倾倒：

进退存亡，行藏用舍。

小人请学樊须稼。

衡门之下可栖迟，日之夕矣牛羊下。

去卫灵公，遭桓司马。

东西南北之人也。

长沮桀溺耦而耕，丘何为是栖栖者。

辛弃疾在江南西路安抚使的任上曾为自己觅了一处临湖空地，筑室百间，名之为稼轩，以为日后躬耕隐退之所。辛弃疾自号稼轩，便是由此而来的。这首《踏莎行》专为稼轩而赋，集用《论语》《诗经》《左传》的成句，浑然天成，而且将圣哲经典的严肃面貌变得大有谐趣，申明躬耕归隐大大符合圣贤之道，无论如何也比费力不讨好的从政要舒心许多。

7.

掉书袋掉到这般程度，实在算臻于化境了。但是，词除了是一种抒怀的工具之外，还是一种士大夫之间很重要的社交工具，若对方的学识差些，或领悟力低些，或自觉不自觉地将原本就大有歧义的诗词语言以小人心态揣摩，就难免会招来一些麻烦。

这样的麻烦，辛弃疾当真遇到过。

当时有茶贼陈丰聚众作乱，短短时间里便啸聚数千人之多，往来纵横，所向披靡。王佐受命讨贼，以奇兵攻入山寨，一战而完胜。辛弃疾写了一首《满江红》为王佐庆功，王佐却因此而记恨上辛弃疾了。今天的读者恐怕很难从这首词里读出王佐所读出的意思：

笳鼓归来，举鞭问、何如诸葛。

人道是、匆匆五月，渡泸深入。

白羽风生貔虎噪，青溪路断鼪鼯泣。

早红尘、一骑落平冈，捷书急。

三万卷，龙头客。

浑未得，文章力。

把诗书马上，笑驱锋镝。

金印明年如斗大，貂蝉却自兜鍪出。

待刻公、勋业到云霄，浯溪石。

照旧是辛氏掉书袋的风格，也照旧掉得巧妙、贴切。王佐五月出兵，词句便以诸葛亮五月渡泸相比，称赞王佐勋业无双，必定因此加官晋爵，流芳千古。偏偏王佐越是读这首词，越是感觉辛弃疾在讥讽自己。“三万卷，龙头客。浑未得，文章力。”王佐是状元出身，当得起“龙头客”的美誉，但这个龙头客的官位却不是靠文章，而是靠武功得来，难道这有什么值得炫耀的吗?

宋代国策一向重文轻武，高级武职甚至不如低两个级别的文职更有尊严和地位，所以武官若立了功，总希望能转成文职，朝廷也以文职作为对有功武将的奖励。王佐原本就是文官，还是状元出身的文官，只因为一次临危受命，立了武功，便被说成“浑未得，文章力”，这怎么让他想得通呢?

更甚者是“金印明年如斗大，貂蝉却自兜鍪出”，貂蝉是高级文官的头饰，兜鍪是武将的头盔，这话分明是说来年加官晋爵是以今日的武功为阶梯的，一位有羞耻心的文官怎能受得了如此羞辱呢?！

这当然是王佐太敏感了，或者说是王佐的“传统意识”太深。辛弃疾自己就是以武功立业，毕生以北伐为志向的，哪里会有重文轻武之心呢?但他毕竟生于金国，长于金国，整个价值观成型的年轻时代都是在金国度过的，以至于与那些根正苗红的宋人真的有些“文化背景的冲突”。这虽然是个小小的细节，咂摸起来却很有些令人心酸。

◇◇

辛弃疾名字考

辛弃疾，原字坦夫，后改字幼安。“弃疾”是个很古雅的名字，早在春秋时代就已经有人用之，其含义是“丢弃疾患”。这一类的常用名还有“无病”“去病”“无忌”。“幼安”即“自幼平安”，名与字含义相应。

李清照

The Stories of the Great Lyricists
in Song Dynasty

文艺女青年的
沧桑蜕变

关键词：
婉约

警句：
寻寻觅觅，冷冷清清，凄凄惨惨戚戚。

1.

填词，这是高级歌伎要学习的技艺，良家妇女总还要“女子无才便是德”。然而凡事总有例外，李清照，这个出身于书香门第、官宦之家的女子，做成了有史以来最杰出的一位女词人。

李清照的早年是在无忧无虑中度过的。她有着优厚的家境，有着温厚而博学的父亲，有着令所有少女艳羡的关乎幸福的一切事物，最重要的是，在那个父母之命、媒妁之言的时代里，她甚至拥有了一段几乎算是经由自由恋爱而结成的婚姻。

她的丈夫名叫赵明诚，是宰相之子。当宰相大人开始为这个孩子考虑婚姻大事的时候，孩子却郑重其事地禀告了父亲刚刚的一场梦境。梦里他在读一本书，醒来后还能记起其中的三句:“言与司合，安上已脱，芝芙草拔。”如此古怪的文字，也许只有父亲能看懂其中的奥义。

父亲果然有一双锐利的眼睛：这是字谜，“言与司合”是“词”字，“安上已脱”是“女”字，“芝芙草拔”即“之夫”二字，你这孩子，将来怕是要做一名词女的丈夫啊。

梦中字谜的故事自然是赵明诚杜撰出来的，之所以要做这样的杜撰，分明他早已心有所属，与词女李清照心心相印了。

2.

这一对文艺男青年与文艺女青年的结合堪称一切婚姻中的楷模，完美诠释了“夫唱妇随”的含义。如果说还有一点缺憾的话，那就是新婚不久，赵明诚就不得不负笈远游，为自己的前途奔波。或许这恰恰不是缺憾，因为距离是爱情最佳的调味剂。“要站在一处，却不要太密迩：因为殿里的柱子也是分立在两旁，橡树和松柏也不在彼此的荫中生长。”这样的爱情箴言无论在任何时代或任何国度都同样适用。

新婚小夫妻不忍小别，缱绻缠绵酝酿着更深的爱恋。李清照将一阕《一剪梅》书于锦帕，要丈夫随身带着，随时惦记着自己：

红藕香残玉簟秋。

轻解罗裳，独上兰舟。

云中谁寄锦书来，

雁字回时，月满西楼。

花自飘零水自流。

一种相思，两处闲愁。

此情无计可消除，

才下眉头，却上心头。

这首传世名篇就是在这样的情境与心绪里写成的，而赵明诚竟然能寻到一位能够和自己灵魂有真正沟通的妻子，这简直要令宋代的一切文人士大夫羡煞了。

3.

两地悬隔的相思是靠书信承载起来的，而书信里常常少不了新词。赵明诚太佩服妻子的才华，但佩服久了，竟然也生出一点妒意来。事情的起因就是那首《醉花阴》：

薄雾浓云愁永昼。

瑞脑消金兽。

佳节又重阳，玉枕纱厨，半夜凉初透。

东篱把酒黄昏后。

有暗香盈袖。

莫道不销魂，帘卷西风，人比黄花瘦。

赵明诚自己毕竟也是一代才子，若在文采上始终被妻子压得抬不起头来，岂不是太没面子？何况男人总有点争强好胜的心理，哪怕是面对妻子的时候。妻子这词写得绝好，但自己一定可以更胜一筹！

于是一连三日三夜，赵明诚闭门不出，不眠不休地搞自己的填词创作，待到出关的时候，竟然已经写成了五十首词。出于公平竞技的君子之心，赵明诚暗中将妻子的《醉花阴》杂入自己的五十首新词之中，一并拿给友人品鉴。友人玩味再三，终于说道：“只三句极佳。”赵明诚忙问是哪三句，得到的答案是：“莫道不销魂，帘卷西风，人比黄花瘦。”

4.

靖康之耻打破了所有人的宁静生活，有人滞留金境，有人仓皇南渡。李清照夫妻侥幸南渡成功，却不幸失掉了多年来辛苦收集的大批金石字画。战乱年间，没办法顾惜那些长物，只希望它们能流散到真正懂得它们的人家吧。

是到了该顾惜自己的年纪了。李清照并未生下任何子女，及至丈夫去世，也只有一个人面对凄凉的晚景。在这个最脆弱的时候，她遇到了张汝舟，开始了她短暂的第二段婚姻。

李清照成长在一个太过优厚的环境里，始终以一双单纯的眼睛来看世界，后来虽遭国变，却没有养成多少世俗的智慧。张汝舟待她温存，她便相信了他的温存，待她终于明白诡诈的小人可以如何千变万化，如何以机关、暴力掠夺她仅存的金石收藏的时候，她已经是他的合法妻子了。

词女毕竟是有气骨的，以不惜鱼死网破的精神打了一场离婚官司，结束了这段不堪回首的婚姻。她付出的代价太大，为了摆脱樊笼的自由，收获了男权世界的集体讪笑。她那首《声声慢》，一句“寻寻觅觅，冷冷清清，凄凄惨惨戚戚”出神入化的叠字运用，又何尝不是将惨淡的人生修饰成艺术的化境呢：

寻寻觅觅，冷冷清清，凄凄惨惨戚戚。

乍暖还寒时候，最难将息。

三杯两盏淡酒，怎敌他、晚来风急。

雁过也，正伤心，却是旧时相识。

满地黄花堆积。

憔悴损，如今有谁堪摘。

守着窗儿，独自怎生得黑。

梧桐更兼细雨，到黄昏、点点滴滴。

这次第，怎一个愁字了得。

◇◇

李清照名字考

李清照，无字，号易安居士。“易安”取自陶渊明《归去来兮辞》的“倚南窗以寄傲，审容膝之易安”，这两句的意思是说：倚靠着南窗远眺，以寄托清高的情怀；体会到这狭小的居室易于使人身心安适。

姜夔

The Stories of the Great Lyricists
in Song Dynasty

职业词人的风雅生涯

关键词：
职业词人

警句：
念桥边红药，年年知为谁生。

1.

古代爱情传奇有一种最经典的类型：穷书生受尽世人的冷眼，却意外得到了某位富家小姐的青睐；小姐毫不在意他的现状，只在意他的才华与人品，她笃定他必非池中之物，于是不顾父母的反对与他私订终身，而他终于状元及第，拒绝了丞相女儿的示爱，高车驷马地回来迎娶意中人；意中人的父母羞愧交加，从此格外善待这个女婿。

在更加现实的情况里，抛开衣冠皮相而慧眼识人的往往不是小姐本人，而是小姐的父亲或其他男性长辈。毕竟成年男子才有足够的人生阅历、文化素养，足以从芸芸众生中辨认出真正的潜力股来。

当然，将女儿的命运赌在任何一支潜力股上其实都有冒险的嫌疑，毕竟这世界上永远都有怀才不遇的悲剧。陈亮的事迹最是典型，当时何恪这个进士出身、向来目空一切的人唯独佩服穷书生陈亮，认为他是天下奇男子，日后必有辉煌前途；所以何恪执意劝说兄长，要把侄女嫁给陈亮。这桩婚事终于成功了，何小姐从此由富家女变为穷人妻，跟着终生饱受挫折的丈夫过了一辈子凄凉日子；陈亮直到知命之年忽然状元及第，但第二年就在心力交瘁中去世了。今天我们必须承认，何恪确实有过人的眼光，他所相中的这个穷书生终于成为名列中国思想史的大人物，但这对他的侄女以及陈亮本人究竟又有多少益处呢?

宋孝宗淳熙十三年（1186 年），诗坛名宿萧德藻接受了晚辈姜夔的拜访。姜夔的辞章令他多少次击节称赏，尤其是那首《扬州慢》，简直就是绝无仅有的杰作！老诗人慨叹自己“四十年作诗，始得此友”，然后果断地把侄女嫁给了他。

2.

那一年姜夔刚刚年过而立，依古代的标准要算绝对的晚婚了。

晚婚自是有苦衷的：姜夔出身于官宦家庭，婚事自然要门当户对才好，但父亲过早去世，姜夔长期寄居在已出嫁的姐姐家里，虽然有官二代之名，家境却相当贫寒；弱冠之后，他又不得不浪迹天涯以求取功名，婚事也就拖了下来。有哪个书香门第愿意把女儿嫁给姜夔呢，负责任的父母总要谨慎地对待女儿的婚姻大事。

萧德藻太欣赏姜夔的才华，笃定这是一支罕见的潜力股。倘若将我们换在萧德藻的位置上，怕也或多或少会如此动念的，尤其是读到姜夔那首《扬州慢》的时候，他写出如此佳作的时候才二十出头啊：

淮左名都，竹西佳处，解鞍少驻初程。

过春风十里，尽荠麦青青。

自胡马窥江去后，废池乔木，犹厌言兵。

渐黄昏，清角吹寒，都在空城。

杜郎俊赏，算而今、重到须惊。

纵豆蔻词工，青楼梦好，难赋深情。

二十四桥仍在，波心荡、冷月无声。

念桥边红药，年年知为谁生。

那是宋孝宗淳熙三年（1176 年）的冬至，姜夔途经扬州，看到这座曾经车挂轊、人驾肩、繁盛一时的名都因为金人之乱而变得四顾萧条，不禁感慨系之，自度此曲。是的，姜夔还是一名音乐家，不似其他词人只可以依律填词，他还会自己写词，自己谱曲，《扬州慢》便是他自创的词牌。

倘若姜夔生活在今天，大可以凭借写词作曲的才华成为流行音乐界的翘楚，将填词作为自己终生的事业。但宋代没有这样的机会，填词只是文人的娱乐与社交方式之一，“职业词人”的道路只有北宋的柳永走过。

但姜夔与柳永不同。柳永是下里巴人的知音，他的绝大多数作品都是俚俗小调，虽然在市井中广为传唱，在士大夫的圈子里却只得到无限鄙夷。也只有这样的俗，才能有这样大的市场空间，以至于凡有井水处皆歌柳词，而姜夔只写雅词，是阳春白雪的专家，他的作品注定无法走近大众，只能在精英人群里受到赏识。以今天的概念而言，姜夔走的是精英文学的路线，即便在市场经济的环境里也很难给自己挣得一份体面的生计。从这个角度而言，姜夔其实是幸运的，因为他生活在精英文化的时代，大有机会成为精英门下的清客。

3.

于是，一生不曾考中功名的姜夔便做了一生的清客。

萧德藻不知道有没有为自己的“走眼”而后悔过，姜夔虽然以清客的身份得到过相当丰厚的资助，但毕竟既没有“正当职业”，也没有“稳定收入”，还偏偏保持着士人的傲骨，不肯打点关系来求取功名，以至于永远漂泊于江湖，最终以清贫收场，病逝于临安的一所小旅馆里，连最基本的丧葬费用都不曾给家人留下。

姜夔是一个真正意义上的漂泊者，在漂泊中虽不曾收获功名，却无心插柳地收获了一段爱情。那是在他成婚之前的青葱岁月里，在合肥姜夔与一名擅弹琵琶的女子倾心相恋。关于那名女子的情况我们所知太少，只能推想她应该是一名歌女。

这是一段注定无果的恋情。婚后的姜夔又有几度重过合肥，那时便已是使君有妇、罗敷有夫的局面了。所以姜夔的词里很有一些绝美的爱情篇章，隐晦地泄露着惊鸿一瞥般的情史，譬如那首《鹧鸪天》：

肥水东流无尽期。

当初不合种相思。

梦中未比丹青见，

暗里忽惊山鸟啼。

春未绿，鬓先丝。

人间别久不成悲。

谁教岁岁红莲夜[①]，

两处沉吟各自知。

---

①红莲夜：形容元宵节的夜晚燃放花灯，有莲花灯在河面漂浮的景象。

肥水即淝水，源出合肥，那是姜夔的爱情故事发生之地。元宵之夜，姜夔又一次梦到了那个擅弹琵琶的女子。这段记忆总是挥之不去，在似乎已经彻底忘记的时候又总会因为某个全不相干的缘故忽然闯到心底，闯到梦里。刚刚分别是悲伤，分别若太久，连悲伤都破碎成片段，无法收拾起来。他笃信此刻的她也在同样的沉吟中同样想起了自己，但命运的拨弄永远让渺小的凡人无能为力。

4.

大诗人范成大晚年回故乡苏州隐居，修筑石湖别墅，与宾客谈诗论道，那是何等风雅的生活。至今苏州仍以一条“范成大路”纪念着这位本土名人，但随着宋诗淡出人们的视野，今天识得范成大之名的人确实已经为数不多了。

当年隐居石湖别墅的范成大有漂亮的政治履历，有过人的文学眼光，有大把的金钱与闲适时光，所以他太愿意接纳姜夔这样有绝顶才华的门客了，让后者在舒适的环境里，在丰裕的物质保障下，心无旁骛地创作出当世第一流的文学。

姜夔在石湖别墅里填词度曲，为全新的音乐填出了两首全新的词。范成大把玩不已，使乐师与歌女演练娴熟，将音节谐婉，为之取名为《暗香》《疏影》：

暗香:

旧时月色，算几番照我，梅边吹笛。

唤起玉人，不管清寒与攀摘。

何逊而今渐老，都忘却、春风词笔。

但怪得、竹外疏花，香冷入瑶席。

江国，正寂寂。

叹寄与路遥，夜雪初积。

翠尊易泣，红萼无言耿相忆。

长记曾携手处，千树压、西湖寒碧。

又片片、吹尽也，几时见得。

疏影:

苔枝缀玉，有翠禽小小，枝上同宿。

客里相逢，篱角黄昏，无言自倚修竹。

昭君不惯胡沙远，但暗忆、江南江北。

想佩环、月夜归来，化作此花幽独。

犹记深宫旧事，那人正睡里，飞近蛾绿。

莫似春风，不管盈盈，早与安排金屋。

还教一片随波去，又却怨、玉龙哀曲。

等恁时、重觅幽香，已入小窗横幅。

两首词皆咏梅花，所以题目截自林和靖的咏梅名句“疏影横斜水清浅，暗香浮动月黄昏”。而字面上虽咏梅花，细细品味起来却觉得还藏有无限的情致。宋代太多文人从中读到的是对靖康之耻、二帝蒙尘而生发出的家国愁思，今天的文学研究者则从中读出了发生在合肥的那段扑朔迷离的爱情往事。

这两首词在士大夫的世界里甚至比《扬州慢》更受推崇，后世论雅词亦每以其为最具代表性的作品。范成大当时在击节叹服之余，定要以美女赠才子，将家伎小红赠给词人。后来词人辞归，带着小红一路上“自琢新词韵最娇，小红低唱我吹箫。曲终过尽松陵路，回首烟波十四桥”，在无限风雅中继续着颠沛流离的清客生涯。只是，那在舟中低唱的小红，不知道是忧愁着抑或欣喜着呢?

◇◇

姜夔名字考

姜夔，字尧章。“夔”是尧舜时代的一名贤臣，一说是位乐官，负责音乐方面的相关事务。儒家推崇礼乐治国，音乐不属于演艺或娱乐，而属于政治。“尧章”即“尧帝的乐章”，所以姜夔的名与字包含着儒家的乐教理想。“章”是会意字，上“音”下“十”，“音”是音乐，“十”是序数的终了，所以这个会意字就意味着一段音乐的终了，即一段完整的“乐章”。

附录

The Stories of the Great Lyricists in Song Dynasty

词牌故事

菩萨蛮

【菩萨蛮】原是唐代从西域传入的外来舞曲。一说所谓“菩萨蛮”，就是波斯语 Mussulman 的音译，意思是伊斯兰教徒（穆斯林）；一说唐宣宗大中年间，女蛮国派遣使者进贡，这些使者全是妙龄女子，头上戴着金冠，梳着高耸的发髻，身上挂满珠宝，号称菩萨蛮队，唐人大觉新奇，宫廷教坊便因此而创作了《菩萨蛮曲》。

蝶恋花

【蝶恋花】又名《鹊踏枝》《凤栖梧》。以《蝶恋花》最常见，原为唐教坊曲，取意于梁简文帝“翻阶蛱蝶恋花情”，双调，仄韵，六十字，这个词牌下大多写缠绵悱恻的爱情与春花秋月的闲愁。

临江仙

【临江仙】这个词牌的来历已经无法详考，但推测起来，很可能最早是用来吟咏江妃二女的。据《列仙传》记载，“江妃二女，不知道是什么人，经常出游于江汉水滨。郑交甫先生有一次遇到了她们，一见钟情，但还不知道她们是神仙。郑交甫对仆人说：‘我想把她们的玉佩讨来。’仆人说：‘这一带的人都很善于辞令，您那些花言巧语未必管用。’但郑交甫神魂颠倒之下不听劝阻，径自向那两位女子去攀谈了。几番话说完，两位女子真的把玉佩解下来给了他。郑交甫把玉佩揣在怀里，得意得很。双方就此别过，郑交甫才走了几十步，想再看看玉佩，却突然发现怀里空无一物，回过头去，那两位女子也全然没了踪迹。”《诗经》里说“汉有游女，不可求思”，说的就是这件事呀。

虞美人

【虞美人】原为唐教坊曲，歌咏霸王与虞姬的故事，后来演变为词牌。《梦溪笔谈》记载，高邮人桑宜舒精通音律，他听说有一种草叫作虞美人草，如果有人在这种草的旁边演奏虞美人曲，草的枝叶就会一起摇摆，而对其他的曲子则无动于衷。桑宜舒发现虞美人草并非对特定的某一支曲子有反应，而是对吴地的音乐都有反应，于是他用吴音创作了一首曲子，对着虞美人草弹奏，虞美人草果然闻声而摇摆起来，于是桑宜舒将这支曲子命名为《虞美人操》。

苏幕遮

【苏幕遮】这个词是波斯语“乞寒节”的音译。古代龟兹国每一年在冬天来临之前都会大搞乞寒节的活动，为的是祈祷当年冬天降下更多的雪，以使来年水源充足，水草丰茂。乞寒节有盛大的歌舞表演内容，自唐代传入中华，引起过很大的轰动。唐人写过很多关于乞寒节的诗歌，教坊还根据龟兹国的音乐编写过乞寒节的歌舞，该舞曲后来演变为词牌，即《苏幕遮》。

雨霖铃

【雨霖铃】唐朝安史之乱爆发，唐玄宗仓皇出逃，途中禁卫军不肯前进，逼迫唐玄宗杀死奸相杨国忠，杨贵妃也因此缢死于马嵬坡，军心于是稍定，保护唐玄宗继续入蜀避难。在雨季的蜀地栈道上，唐玄宗夜晚于雨中闻铃，百感交集，依此音作了一曲《雨霖铃》，这便是《雨霖铃》词牌的来历。《雨霖铃》词牌一般押入声韵，入声今天已经在现代汉语里彻底消失了，所以普通读者读起来常常觉得不但不押韵，连韵脚用字的平仄都不统一，《雨霖铃》的音色之美也只有在多读、熟读的基础上慢慢体会了。

八声甘州

【八声甘州】这个词牌是从唐教坊大曲《甘州》截取一段改制而成的，因为全词前后片共有八韵，故名八声。《甘州》是以唐代的边塞重镇甘州为名，音乐充满了边塞气息和异国情调。这套曲子来源于龟兹国的本土音乐，慷慨悲壮，沉郁顿挫，很适合用来表现苍凉的意绪和羁旅的愁思。

千秋岁

【千秋岁】唐玄宗寿辰之日大宴群臣，群臣上表请求将这一天定为节日，称为千秋节，教坊为之作大曲《千秋乐》，宋人根据《千秋乐》的曲调另制新曲，即《千秋岁》。

浣溪沙

原本应该叫作《浣溪纱》，是唐代歌咏西施于若耶溪浣纱故事的教坊曲，后来讹传为《浣溪沙》，久而久之也就因非成是了。《浣溪沙》简洁明快，是文人们很常用的词牌，上片三句都是单独成句，每句押韵，下片的头两句一般要写成对仗，使小令有一点律体诗的味道。

玉楼春

【玉楼春】来源已经无法详考，五代后蜀顾敻以这个调子填词，起句有“月照玉楼春漏促”“柳映玉楼春欲晚”，后人因此把这个调子称作《玉楼春》。

破阵子

【破阵子】截取自唐教坊曲《秦王破阵乐》，音调激扬壮阔。《秦王破阵乐》为唐太宗亲制的大型武舞曲，舞蹈要动用两千人完成，全部军容整肃，还有骑兵马队参加，几乎与阅兵式无异。

少年游

【少年游】这个词牌的来历已无法详考，最早用这个调子填词的人或许是晏殊，他的词里有一句“长似少年时”，人们便因此将这个调子叫作《少年游》。

桂枝香

【桂枝香】这个词牌得名于唐代状元裴思谦的一首诗。裴思谦去长安参加科举考试，在最后一关结束之后，和同伴们到长安著名的风月场所平康里寻欢作乐，忽然有人来报喜说他中了状元，裴思谦喜出望外，尽情风流一夜，第二天赋诗说：“银釭斜背解鸣珰，小语低声贺玉郎，从此不知兰麝贵，夜来新惹桂枝香。”诗中所谓“夜来新惹桂枝香”是象征之语，因为古人将科举考中比作“折桂”或“蟾宫折桂”。“蟾宫折桂”之典出自《晋书》，晋武帝让郄诜做个自我评价，郄诜毫不客气地说：“我就像月宫里的一截桂枝，昆仑山上的一块美玉。”后人以“蟾宫折桂”比喻科举高中。

清平乐

【清平乐】一说唐教坊曲原有清乐和平乐，二者结合起来便是清平乐，后来演变为词牌；一说该词牌与唐教坊曲无关，只是取意于国泰民安、四海清平。无论如何，《清平乐》是词人们最爱使用的几种小令词牌之一，上片用仄声韵，下片用平声韵，句子较短，适合清冲淡雅的写意风格。

水调歌头

【水调歌头】顾名思义，即《水调歌》的“歌头”。相传隋炀帝在开凿大运河的时候制作新曲《水调歌》，唐人将之拓展成大曲。大曲有散序、中序、入破三部分，“歌头”是中序的第一章。

鹧鸪天

【鹧鸪天】又名《于中好》，很像是两首七绝拼凑而成，只是下片的第一句换作两个三字短句而已。词牌的名字与鹧鸪鸟无关，而是源自一种叫作《鹧鸪》的音乐。许浑《听歌鹧鸪》诗有“南国多倩多艳词，鹧鸪清怨绕梁飞”，郑谷《迁客》诗有“舞夜闻横笛，可堪吹鹧鸪”，说的都是这种叫作《鹧鸪》的曲子。这种曲子沉滞郁抑，适合表现忧愤的情怀。词人当中最爱用、也最擅写这两个词牌的，一是晏几道，一是纳兰性德。

永遇乐

【永遇乐】这个词牌大约创制于唐代中叶，有传说杜秘书擅写小词，他的邻家有一名叫作酥香的少女很喜欢他的词，于是两人有了私情。杜秘书的仆人检举了这件事，杜秘书因此被流放，临行之时作《永遇乐》词与酥香诀别。

卜算子

【卜算子】这个词牌的名字相传与唐代诗人骆宾王有关。骆宾王写诗爱用数字，人们便给他取了一个绰号叫“卜算子”；也有人认为这个词牌的名字取意于“卖卜算命之人”。

醉落魄

【醉落魄】又名《一斛珠》，唐玄宗宠爱杨贵妃的时候，正所谓万千宠爱于一身，冷落了后宫里的其他女人。梅妃曾经与唐玄宗感情很深，唐玄宗一次念及梅妃，派人秘密地带了一斛珍珠给她，梅妃拒绝了珍珠，写下一首诗答复玄宗：“柳叶双眉久不描，残妆和泪污红绡。长门自是无梳洗，何必珍珠慰寂寥。”玄宗见诗之后心情抑郁，命令乐府创作新的曲调来配这首诗，《一斛珠》之曲便由此而来。

念奴娇

【念奴娇】得名于唐代著名歌女念奴。念奴有幸生活在唐玄宗时代，因为玄宗是唐代最具音乐修养的皇帝。玄宗巡游各地时，常常安排念奴随行，对她恩宠有加。元稹的《连昌宫词》描写了这般情景："力士传呼觅念奴，念奴潜伴诸郎宿。须臾觅得又连催，特敕街中许燃烛。春娇满眼泪红绡，掠削云鬟旋装束。飞上九天歌一声，二十五郎吹管逐。"元稹《连昌宫词》自注有："念奴，天宝中名倡，善歌。每岁楼下酺宴，累日之后，万众喧隘，严安之、韦黄裳辈辟易不能禁，众乐为之罢奏。玄宗遣高力士大呼于楼上曰：'欲遣念奴唱歌，邠二十五郎吹小管逐，看人能听否？'未尝不悄然奉诏。"

鹊桥仙

【鹊桥仙】据《风俗通》记载："七夕，织女当渡河，使鹊为桥。"《鹊桥仙》曲名由此而来，原本是咏牛郎织女鹊桥相会的故事。

一剪梅

【一剪梅】词牌因周邦彦词的起句"一剪梅花万样娇"而得名。这个词牌最著名的两个作品一是李清照的《一剪梅·红藕香残玉簟秋》，一是蒋捷的《一剪梅·一片春愁待酒浇》。

满江红

【满江红】唐代有曲子名叫《上江虹》，后来讹传为《满江红》，再演变为词牌。《满江红》押入声韵，音调苍凉沉郁，多用来抒写怀抱。